Gulliver Taschenbuch 506

Mirjam Pressler, geboren 1940 in Darmstadt, studierte an der Hochschule für Bildende Künste in Frankfurt am Main und lebt heute als Schriftstellerin und Übersetzerin in der Nähe von München. 1994 wurde sie für ihr übersetzerisches Gesamtwerk mit dem Deutschen Jugendliteraturpreis ausgezeichnet. Im Programm Beltz & Gelberg erschienen u.a. folgende Kinder- und Jugendbücher der Autorin: *Bitterschokolade* (Oldenburger Jugendbuchpreis), *Novemberkatzen* (1986 von Sigrun Koeppe verfilmt), *Katharina und so weiter*, *Wenn das Glück kommt, muss man ihm einen Stuhl hinstellen* (Deutscher Jugendliteraturpreis), *Malka Mai* sowie in der Reihe Biographie *Ich sehne mich so. Die Lebensgeschichte der Anne Frank.*

Mirjam Pressler

Nickel Vogelpfeifer

Erzählung

Bilder von Detlef Kersten

BELTZ
& Gelberg

Nickel Vogelpfeifer kam auf die Auswahlliste
zum Deutschen Jugendliteraturpreis.

Für Nana (Vanessa)

Zu *Nickel Vogelpfeifer* gibt es ein Lehrerbegleitheft,
erhältlich gegen eine Schutzgebühr von DM 3,–
Beltz Verlag, Postfach 100161, 69441 Weinheim
ISBN 3 407 99083 9

www.beltz.de
Gulliver Taschenbuch 506
Einmalige Sonderausgabe

Programm Beltz & Gelberg, Weinheim

Einbandgestaltung von Max Bartholl
Einbandbild von Detlef Kersten
Gesetzt nach der neuen Rechtschreibung
Gesamtherstellung Druckhaus Beltz, 69494 Hemsbach
Printed in Germany
ISBN 3 407 78506 2

1.

Nickel sitzt unter dem Tisch im Kinderzimmer. Die Tischdecke hat er so weit vorgezogen, dass sie nur zwei Handbreit über dem Boden hängt und er fast wie in einem Zelt sitzt. Fast, denn in einem Zelt gibt es keine Heizungsstäbe, die einem in den Rücken drücken und wehtun. In einem Zelt hängen auch keine blauweiß karierten Tischdecken vor dem Eingang, höchstens Felle von irgendwelchen Tieren. Und sie verdecken bestimmt auch keinen grünlich grau melierten Teppichboden, einen Kleiderschrank und zwei Betten, sondern nur Sanddünen und Kamele.

Die Zelte auf dem Foto sind bräunlich dunkel, die Sanddünen bräunlich hell. In der Ferne werden sie immer heller und lösen sich im Himmel auf. Nickel hat das Foto lange betrachtet, dann hat er es vorsichtig aus der Zeitung gelöst und mit Tesafilm unter dem Tisch an die Zimmerwand neben der Heizung gepappt.

Es ist ein großes, doppelseitiges Foto. Im Vordergrund stehen zwei Zelte, davor Männer in langen, weißen Gewändern, mit schwarzen Tüchern um den Kopf. Und ein riesiges Kamel.

Unter dem Tisch ist es so dunkel, dass Nickel die Einzelheiten auf dem Foto nicht mehr erkennen kann. Die Tischdecke wirft schräg gezerrte Karos über den Sand. Nickel rutscht mit den Füßen zum Zelteingang und legt sich auf den Rücken. Der Wüstensand ist weich und warm. Nickel verschränkt die Arme unter dem Kopf und schaut hinauf in den Himmel. Der ist fast weiß vor Hitze. Die Sonne blendet so sehr, dass Nickel seine Augen mit der Hand abdecken muss. Um ihn herum ist es still. Die Fußtritte der Kamele sind kaum zu hören, weil der Sand so weich ist.

Was für Töne machen Kamele eigentlich?, denkt Nickel. Wiehern sie wie Pferde oder blöken sie vielleicht so ähnlich wie Schafe? Ich muss Django fragen.

Jedenfalls haben Kamele dicke, dunkle Lippen mit einzelnen langen Haaren darauf, das hat er vorhin auf dem Foto deutlich gesehen. Nickel schiebt die Lippen vor und prustet leise und sanft.

Die Tür zum Kinderzimmer geht auf, Schritte sind zu hören. Nickel schaut zu dem Spalt zwischen Tischdecke und Fußboden. Er sieht zwei gammelige, angegraute Turnschuhe, bunt gestreifte Socken, darüber enge Jeans. – Django. Natürlich ist es Django. Wer denn sonst?

»Nickel, wo steckst du?«, fragt Django. Die Turnschuhe kommen auf den Tisch zu, werden größer und größer. Der rechte Schuh hat vorn an der Gummikappe einen Riss. Eine Hand packt die Tischdecke, hebt sie hoch. Erst erscheinen die Hosenbeine. Auf dem rechten Knie ist ein dunkler Flicken. Dann ein knallrotes Sweatshirt und Djangos Kopf. Verkehrt herum. Djangos Kopf steht Kopf, denkt Nickel.

»Schon wieder unterm Tisch«, sagt Django, packt Nickel am Bein und zieht ihn heraus. »Komm, Nickel, gehen wir ihnen entgegen, sie müssen gleich kommen.«

»Sie« sind der Vater und die Mutter. Sie kommen heute später. Sie wollten sich gleich nach der Arbeit treffen und das neue Auto abholen. Django redet über nichts anderes, seit er vor einer Stunde heimgekommen ist. Er und der Vater reden seit drei Wochen über nichts anderes.

»Komm, Nickel«, sagt Django noch einmal. »Gehen wir ihnen entgegen.«

Nickel sitzt auf dem Boden und reibt sich den Knöchel, an dem Django gezogen hat.

Dann steht er auf.

»Ich habe keine Lust«, sagt er. »Außerdem weißt du auch nicht, wie Papa fährt. Wenn wir über den Körnerplatz gehen, kommt er bestimmt über die Heimgartenstraße.« Er zieht die Tischdecke wieder gerade, nimmt einen Blumentopf von der Fensterbank und stellt ihn hinten auf den Tisch. So macht es seine Mutter auch immer.

»Bist du denn gar nicht gespannt auf das neue Auto?«, fragt Django.

Nickel hebt die Schultern hoch und lässt sie wieder fallen. Dann bückt er sich, kriecht unter den Tisch und zieht vorsichtig das Bild von der Wand. Ein bisschen weiße Farbe bleibt am Tesafilm hängen.

»Lahmarsch«, sagt Django und geht aus dem Zimmer, hinüber zum Wohnzimmer. Nickel weiß, dass er sich jetzt wieder auf den Balkon stellt und wartet. Vom Balkon aus kann man auf den Hof und den Parkplatz hinunterschauen.

Nickel zieht die Tischschublade auf, nimmt die Schere und schneidet die überstehenden Tesafilmkanten am Foto ab. Dann faltet er es in der Mitte zusammen und legt es in die Schublade zu seiner Sammlung, direkt auf das Bild des Radrennfahrers. Nickel lächelt. Ein schönes Fahrrad hat der. Leider ist das Bild nur schwarzweiß.

»Sie kommen!«, schreit Django vom Balkon herüber. Nickel knallt die Schublade zu.

Django stürzt ins Zimmer und packt Nickel am Ärmel. »Los, komm endlich!«

Nickel befreit sich mit einer Drehung aus dem Griff und geht hinter Django her.

Sie stehen vor dem Aufzug und warten. »Was machen eigentlich Kamele?«, fragt Nickel. »Wiehern die wie Pferde, oder was?«

Django schaut ihn erstaunt an. »Keine Ahnung«, sagt er. Dann sagt er noch etwas wie »Scheißaufzug«, aber der kommt deshalb auch nicht schneller. Die Ruftaste leuchtet. Django dreht sich um und geht zur Treppe. Nickel folgt ihm widerwillig. Sechs Stockwerke, das sind verdammt viele Stufen, sogar wenn es abwärts geht.

Django nimmt von jedem Treppenabsatz die letzten vier Stufen auf einmal, er hat aber auch lange Beine. Nickel traut sich das nicht. Ich sehe das neue Auto noch früh genug, denkt er. Und außerdem sind Fahrräder sowieso viel schöner.

Django ist bereits im Erdgeschoss, als Nickel im zweiten Stock über das Geländer schaut. Er könnte Django glatt auf den Kopf spucken, er ist genau unter ihm. Aber das traut er sich nicht, natürlich nicht. Keiner im Haus würde sich das trauen, noch nicht einmal Bolle.

Auf dem Parkplatz stehen der Vater und die Mutter neben dem neuen Auto. Es ist rot, dunkelrot, mit silbern glänzenden Stoßstangen und Randleisten. Eine Wolke verdeckt die Sonne. Django fährt bewundernd mit dem Finger über den Lack. »Superspitze«, sagt er. »Ein geiler Schlitten.«

Der Vater strahlt. Er reißt die Fahrertür auf. »Ein Sportlenker«, sagt er stolz. »Schau mal.«

Nickel schiebt sich neben Django und schaut auch. Wieso Sportlenker, denkt er. Das Lenkrad ist einfach besonders klein, sonst nichts. Aber das sagt er lieber nicht laut. Er kann es nicht leiden, wenn der Vater und Django ihn von oben herab behandeln, als wäre er nur klein und doof. Bestimmt fangen sie auch gleich wieder mit PS und Beschleunigung und so einem Zeug an. Wie immer.

Die Wolke ist vorbeigezogen, ein Sonnenstrahl fällt auf das Autodach und der Lack leuchtet.

»Schön«, sagt Nickel. »Vielleicht sollte ich doch lieber das rote Fahrrad nehmen?«

»Du kannst es dir ja noch überlegen«, sagt seine Mutter.

Nickel macht hinten links die Tür auf und steigt ins Auto. Die Sitze sind mit einem hellen, weichen Fell bespannt. Nickel macht die Tür zu und kuschelt sich in die Ecke.

»Und in den Sommerferien fahren wir nach Italien«, sagt der Vater.

Django drückt probeweise auf die Hupe und fragt nach dem Kofferraum. Nickel ist zusammengezuckt. Er streicht mit dem Zeigefinger über das Fell. Es ist warm und weich und sehr sauber.

»Wehe, du wischst dir wieder deine Schokoladenpfoten daran ab«, sagt der Vater zu Nickel und geht mit Django um das Auto herum nach hinten, wo er den Kofferraumdeckel aufklappt.

Django pfeift laut durch die Zähne und sagt: »Da kriegen wir bestimmt auch noch das kleine Schlauchboot rein.«

»Alles, was du willst«, sagt der Vater großspurig.

Die Mutter macht die andere Tür auf und setzt sich neben Nickel auf den Rücksitz. »Schön, gell?«, sagt sie.

Nickel nickt. Er macht die Augen zu und stellt sich vor, wie sie nach Italien fahren. Über die Alpen. Und jeden Tag Sonne und grünes Pistazieneis und rosa Erdbeereis und dottergelbes Aprikoseneis. »Und mittags essen wir immer Spaghetti mit Ketchup«, sagt er.

Die Mutter streichelt ihm über den Kopf. »Ein bisschen sparen müssen wir schon, weil das Auto so teuer war«, sagt sie. »Aber wir brauchen trotzdem nicht jeden Tag Spaghetti mit Ketchup zu essen.« Sie lacht und wuschelt ihm durch die Haare. »Manchmal wird's schon noch zu einem Schnitzel reichen.«

Nickel kann das nicht leiden, wenn jemand in seinen Haaren wuschelt. Er schiebt ihre Hand weg. Aber er antwortet nicht.

Er ist daran gewöhnt, dass die Leute immer etwas anderes verstehen, als er gemeint hat. Sogar seine Mutter, die eigentlich wissen könnte, dass Spaghetti mit Ketchup sein Lieblingsessen ist.

Inzwischen sind der Vater und Django auch in das Auto gestiegen. »Eine Probefahrt«, sagt der Vater.

Er lässt den Motor an. »Schnurrt wie ein Kätzchen, was?« Dann fährt er die Heimgartenstraße hinunter, biegt am Sportplatz links ab und hält vor der Wirtschaft. Die heißt *Zum goldenen Ball* und der Besitzer wird Ballerer genannt. Sogar Nickels Vater hat keine Ahnung, wie er richtig heißt. Ballerer eben. Wenn das Wetter schön ist, kann man draußen sitzen. Aber heute Mittag hat es geregnet und Ballerer hat die Stühle unter das Schuppendach geräumt.

»Von wegen Probefahrt«, sagt die Mutter mit verkniffenem Gesicht, als sie aussteigen.

Der Vater legt ihr den Arm um die Schulter. »Was ist schon dabei«, meint er. »Die Buben sollen doch auch was davon haben.« Er schmeißt den Autoschlüssel in die Luft und fängt ihn wieder auf.

In der Wirtschaft stinkt es nach Bier und Rauch. Sie setzen sich an den Tisch direkt vor der Theke. Der Vater bestellt für Nickel und Django gemischtes Eis ohne Sahne, für die Mutter eine Limo und für sich selbst ein Bier und einen Schnaps.

»Mit dem neuen Auto?«, fragt die Mutter vorwurfsvoll. »So teuer! Und wenn du's wieder kaputtfährst?«

Der Vater wischt ihren Einwand weg. »Wenn dieser Vollidiot nicht so verrückt gebremst hätte, wäre überhaupt nichts passiert«, sagt er. Dann lacht er, beugt sich zur Mutter hinüber und legt den Arm um sie. »Hör doch auf zu stänkern, Reni. Freust du dich denn gar nicht?«

Die Mutter sagt nichts mehr. Sie lehnt sich an den Vater und sieht zufrieden aus.

Nickel bohrt mit dem Löffelstiel kleine Krater in die Erdbeereiskugel und versucht, sie mit braunem, flüssigem Schmelzeis zu füllen. Es geht nicht.

»Hör auf mit der Sauerei, Nickel«, sagt die Mutter.

Nickel wirft ihr einen Blick zu. Der Vater drückt ihr einen Kuss auf die Schläfe. Sie reibt den Kopf an seiner Schulter. Nur weil der Papa Reni zu ihr gesagt hat, denkt Nickel. Der braucht nur Reni zu sagen und sie lacht. Sonst sagt er immer Renate, dann lacht sie nicht.

Am Tisch in der Ecke sitzen zwei Männer. Einer von ihnen ruft: »Führst du heute deine Familie aus, Rudi?«

Nickels Vater hebt sein Bierglas, prostet dem anderen zu und sagt: »Wir feiern mein neues Auto.«

»Prost«, sagt auch der Mann. »Hast du's draußen stehen?«

Der Vater rückt seinen Stuhl zurück und geht mit dem Mann hinaus. Django folgt ihnen. Ballerer wischt sich die Hände an dem Küchenhandtuch ab, das er um seinen dicken Bauch gebunden hat. Er kommt um die Theke herum und quetscht sich an ihnen vorbei. »Ich will's mir auch mal anschauen.«

Sogar der andere Mann am Tisch in der Ecke steht auf und geht hinaus. Nickel und seine Mutter bleiben allein zurück. Die Mutter lacht jetzt nicht mehr. Sie schaut starr vor sich auf den Tisch, und sogar als Nickel seine Hand auf ihre legt, sagt sie nichts.

Nickel zieht seine Hand wieder zurück und nimmt den Eislöffel. Er zieht das Eis geräuschvoll durch die Zähne und schiebt es im Mund hin und her, bis es nur noch pappig und lauwarm schmeckt.

2.

Heute Morgen fährt der Vater Nickel mit dem neuen Auto in die Schule. Ausnahmsweise, hat er gesagt. Er hat es zuerst Django angeboten, aber der wollte lieber mit seinem Rad fahren. Der Vater hat ziemlich enttäuscht ausgesehen. Deshalb hat Nickel gesagt, er würde gern gefahren werden. Obwohl er das eigentlich nicht mag, wenn er zur Schule gebracht wird. Die anderen starren einen so an. Nickel hasst es, wenn er angestarrt wird. Er kommt sich dann immer wie der letzte Depp vor und weiß nicht, was für ein Gesicht er machen soll.

»Mach's gut, Nickel«, ruft der Vater durch das offene Autofenster und lässt den Motor aufheulen. Köpfe drehen sich nach ihnen um, der Vater grinst und drückt auf die Hupe.

Nickel zieht die Schultern hoch und geht auf das Schultor zu. Plötzlich fällt ihm ein, dass er vor lauter Auto sein Pausenbrot vergessen hat. Es liegt ordentlich eingewickelt zu Hause auf dem Esstisch. Scheiße, denkt Nickel.

In der Pause fragen ihn Michi und Paula, wie schnell das neue Auto fährt. Nickel weiß es nicht. Entweder hat er nicht zugehört, als sein Vater es gesagt hat, oder er hat es vergessen. »Sehr schnell«, sagt er. »Hundertfünfzig oder zweihundert oder so was. Jedenfalls schneller als jedes andere.«

Michi tippt sich an die Stirn und Paula lacht. Nickel wird böse. Und weil er gerade neben dem Blumenbeet steht, bückt er sich und hebt einen Stein auf.

»Lass das, Nickel«, sagt Frau Friedrichs, die Pausenaufsicht hat. Sie spaziert mit Frau Bauer auf dem Schulhof hin und her.

Nickel lässt den Stein fallen. Frau Friedrichs braucht ihn gar nicht so anzuschauen. Er hätte den Stein nicht geworfen. Natürlich nicht. Und selbst wenn er ihn geworfen hätte, hätte er bestimmt aus Versehen wieder ein Fenster getroffen und nicht Michi oder Paula. Nickel rennt ein paar Mal um den Schulhof und ärgert sich über das vergessene Pausenbrot. Und darüber, dass Alexander mit anderen spielt und nicht mit ihm. Dann klingelt es und sie haben Rechnen. Auch das noch!

Frau Friedrichs teilt Rechenblätter aus. Nickel legt sein Blatt vor sich auf den Tisch. Am

Anfang passt er ja noch auf, doch dann wird er unruhig. Er hört nicht mehr, was Frau Friedrichs vorn an der Tafel erzählt. Das heißt, er hört es noch, versteht es aber nicht mehr. Er hat keine Lust, an Rechnen zu denken. Lieber an Essen.

Auf seinem Rechenblatt steht eine Aufgabe mit drei mal zwei Birnen und fünf mal drei Äpfeln. Gemischtes Kompott, denkt Nickel. Vielleicht noch mit Schlagsahne drauf. Nickel spürt seinen Hunger. Sein Bauch wird größer und wärmer, und dann fühlt es sich an, als wäre sein ganzer Körper nur noch Bauch. Je länger Nickel die drei mal zwei Birnen und fünf mal drei Äpfel anschaut, umso hungriger wird er. Als Frau Friedrichs einen Moment still ist, kann Nickel sogar hören, wie sein Magen knurrt.

Zum Mittagessen gibt es heute Bratkartoffeln. Die Mutter hat die Kartoffeln gestern Abend noch gekocht. Nickel und Django sollen sich dazu zwei Eier in die Pfanne hauen, hat sie gesagt. Nachtisch hat sie auch gekocht, Vanillepudding.

Der Vater war schon ins Bett gegangen. Er

ist müde gewesen von der Arbeit, hat er gesagt. Und dazu die Aufregung wegen des neuen Autos. Er hat noch einen Schnaps getrunken und ist ins Schlafzimmer gegangen.

Die Mutter hat nur genickt und Gute Nacht gesagt. Ohne Lachen und nicht besonders freundlich.

Django hat sein Fast-erwachsen-Gesicht gemacht und die Mutter gefragt, ob er ihr was helfen soll.

»Nickel, komm doch mal zur Tafel«, sagt Frau Friedrichs.

Nickel bekommt einen Mordsschreck, weil er nicht aufgepasst hat. Er steht auf. Sein Kopf ist wie ein aufgeblasener Wasserball, und seine Knie fühlen sich so weich an, als würden sie gleich unter ihm zusammenfallen. Nickel hat Angst. Mit Wackelpuddingknien geht er zur Tafel.

Frau Friedrichs hat die Aufgabe schon hingeschrieben, aber die Zahlen verschwimmen vor seinen Augen. Er fühlt sich überhaupt ganz und gar verschwommen. Immer ist das so, wenn man Angst hat, denkt Nickel. Er atmet tief ein und zählt bis drei. Das hat Django gesagt, immer erst tief einatmen und dann bis drei zählen und dann etwas tun. Der Trick hilft immer, wenn man Angst hat, hat Django gesagt.

Beim Ausatmen grunzt Nickel wie ein Schwein, das Angst hat. Anfangs vergrunzt er sich, es hört sich fast an wie ein Rülpser, aber dann kommen die Töne laut und klar.

Erst ist es einen Moment lang still, dann fangen die anderen an zu lachen und zu grölen.

»Nickel lässt die Sau raus«, schreit Alexander und haut vor Begeisterung so fest auf den Tisch, dass sein Federmäppchen auf den Boden fällt.

»Nicht schon wieder, Nickel«, sagt Frau Friedrichs mit bösem Gesicht.

»Hier geht's zu wie in einem Schweinestall«, ruft Benjamin und versucht auch zu grunzen. Aber er kann es nicht. Jedenfalls nicht laut. Und leise ist keine Kunst.

Carola singt: »Schweine-Nickel, Nickel-Schwein.« Und Vanessa sagt: »Nickel Schweinegrunzer.«

Nickel schaut unauffällig zu Vanessa hinüber. Sie lacht nur ein kleines bisschen. Aber immerhin.

»Ruhe!«, brüllt Frau Friedrichs. Und zu Nickel sagt sie, er soll sich wieder setzen.

Nickel setzt sich auf seinen Platz. Er nimmt seinen Bleistift und malt auf dem Rechenblatt die oberste Kästchenreihe an. Djangos Trick hat geklappt. Abwechselnd hellgrau und dunkelgrau. Wenn Nickel Angst hat, grunzt er wie ein Schwein, das Angst hat. Oder richtiger, er grunzt, wie er glaubt, dass ein Schwein grunzt, das Angst hat. Denn in echt hat er noch nie ein Schwein grunzen gehört. Höchstens im Fernsehen.

Das Schweinegrunzen hat ihm Django beigebracht, auch das Kühemuhen und das Schafeblöken. Das Miauen hat Nickel direkt von Maunze, der Katze von Frau Dobermann. Und sein Bellen stammt hauptsächlich von Cäsar aus dem rosa Giebelhaus in der Heimgartenstraße. Eigentlich kann Nickel viel besser bellen und miauen, aber über Grunzen und Blöken lachen die anderen lauter. Und nur darauf kommt es an. Wenn man die anderen zum Lachen bringt, merken sie nicht, dass man Angst hat, hat Django gesagt. Je lauter sie lachen, umso weniger merken sie irgendetwas.

Inzwischen ist es wieder still geworden. Frau Friedrichs ruft Katja an die Tafel.

Alexander kneift Nickel in den Arm und kichert.

Nickel reibt sich die Kneifstelle und malt weiter Kästchen an.

»Alexander, mir reicht's für heute«, sagt Frau Friedrichs. Sie macht ihr Jetzt-ist-aber-endgültig-Schluss-Gesicht und Alexander hält lieber den Mund.

Katja hat die Aufgabe richtig gerechnet. Sie rechnet immer alle Aufgaben richtig. Sie steht da, hat die Kreide in der Hand und strahlt wie ein Breitmaulfrosch. Nickel kann sie nicht leiden, weil sie immer lacht, wenn er etwas Falsches sagt. Sie lacht hämisch. Alexander kann Katja auch nicht leiden. Nickel schaut sich vorsichtig um und überlegt, wer Katja leiden kann. Petra, ihre Freundin. Die natürlich schon. Aber sonst wahrscheinlich keiner.

Endlich klingelt es. Nickel ist gerade mit der vierten Reihe Kästchen fertig geworden. Er springt auf, stopft sein Zeug in den Ranzen und rennt los, bevor Frau Friedrichs ihn vielleicht noch mal rufen könnte. Im Schulhof

wird er von Alexander eingeholt. Alexander keucht neben ihm her.

»Gehen wir noch ein bisschen zur Baustelle, Nickel? Eine halbe Stunde?«

Nickel schüttelt den Kopf. Er hat jetzt keine Zeit zum Spielen, die Bratkartoffeln warten. Django hat zwar eine Stunde länger Schule als er, aber er wird trotzdem um Viertel nach eins zu Hause sein. Er braucht nicht zu Fuß zu gehen, er hat ein Fahrrad und Nickel nicht. Noch nicht.

Bestimmt freut er sich, wenn er kommt und die Bratkartoffeln schon fertig sind, denkt Nickel. Und wenn er sich freut, lässt er mich vielleicht ein bisschen mit seinem Rad fahren.

3.

Nickel hat die Kartoffeln geschält und in Stücke geschnitten. Inzwischen ist die Butter in der Pfanne geschmolzen. Nickel lässt die Kartoffelstücke hineinfallen. Fett spritzt hoch und trifft ihn am Handgelenk. »Au, verdammt«, schreit er, leckt über die schmerzende Stelle und pustet darauf. Die Kartoffeln brutzeln vor sich hin und das Wehtun hört schnell auf.

Nickel geht auf den Balkon und schaut hinunter, ob Django kommt. Dabei hält er sich gut am Geländer fest. Wenn man aus dem sechsten Stock fällt, ist man platt wie ein Pfannkuchen, wenn man unten ankommt, hat Django gesagt. Das überlebt keiner.

Der graue VW-Bus von Herrn Reichert aus dem dritten Stock biegt um die Ecke. Herr Reichert parkt neben den Mülltonnen und steigt aus. Er hat eine blaue Latzhose und ein kariertes Hemd an und eine Schirmmütze auf dem Kopf. Herr Reichert ist nett. Er lacht, wenn er Nickel trifft, und manchmal macht er Witze. Seine Frau ist auch nett. Wenn das die Eltern von Alexander wären, das wäre schön, denkt Nickel. Dann würden sie im selben Haus wohnen und überhaupt. Aber die Reicherts haben nur eine Mini-Tochter, die gerade erst laufen gelernt hat. Frau Reichert sitzt oft mit ihr am Sandkasten, meistens mit Frau Böhm, die auch eine kleine Tochter hat.

Herr Reichert kommt jeden Tag zum Mittagessen nach Hause. Nickels Mutter kann nicht heimkommen, weil sie bei Siemens arbeitet, und das ist am anderen Ende der Stadt. Über eine Stunde mit Bus, U-Bahn und Straßenbahn. Sie hat Nickel schon zweimal mitgenommen, um ihm zu zeigen, wo sie arbeitet. Es ist ein großer Raum mit vielen Fenstern und noch mehr Schreibtischen. Die anderen Frauen, die auch dort arbeiten, haben ihm Schokolade geschenkt und ihn gefragt, wie alt er ist und ob ihm die Schule Spaß macht. Was anderes fällt den Erwachsenen auch nicht ein.

Bolle kommt angeradelt. Von hier oben sieht Bolle ziemlich klein aus, denkt Nickel. Wie ein aufgeblasener Pingpongball. So, als bräuchte man vor ihm keine Angst zu haben. Aber das täuscht. Vom sechsten Stock sieht alles anders aus. Sogar Frau Dobermann wird zu einer ausgestopften Stoffpuppe.

Dann, endlich, biegt Django um die Ecke. Er stellt sein Rad in den Ständer und verschwindet unter dem Vordach aus Blech, das über dem Eingang angebracht ist.

Nickel rennt in die Küche und wendet schnell noch einmal die Kartoffeln. Fast alle haben schöne, braune Krusten. Nur an einer Stelle sind ein paar angebrannt. Nickel fischt sie heraus, nagt die hellen Teile ab und wirft die verkohlten Reste in den Abfalleimer. Inzwischen ist Django hereingekommen. Er freut sich wirklich, dass Nickel schon gekocht hat. Die schwarzen Kartoffelstücke hat er zum Glück nicht mehr gesehen. Nickel schiebt die Kartoffeln auf eine Seite der Pfanne, schlägt zwei Eier auf und kippt sie auf den frei gewordenen Platz.

Django deckt den Tisch. Er nimmt die Teller vom Frühstück, damit sie weniger Geschirr abspülen müssen. So kommt es, dass Nickel nachher Marmelade an den Bratkartoffeln hat. Er spuckt und Django lacht. »Stell dich nicht so an«, sagt er. »In deinem Bauch wird doch alles

Matsch. Die Bratkartoffeln, die Eier und der Pudding.«

»Dass sich der Magen das gefallen lässt«, sagt Nickel. »Stell dir vor: Leberkäse und Apfelmus.«

Django wirft Nickel einen von den Blicken zu, bei denen er sich sehr klein fühlt. Und einen Moment lang sieht Django so aus, als würde er auch noch etwas Verächtliches sagen. Nickel duckt sich.

Aber Django verzieht sein Gesicht zu einem Grinsen und sagt: »Oder saure Gurken mit Erdbeereis.«

Nickel lacht erleichtert, obwohl er weiß, dass Django nur so tut, als fände er das komisch.

Für den Vanillepudding nehmen sie dann doch neue Schüsselchen.

Nach dem Essen spült Django das Geschirr und Nickel trocknet ab. Django singt laut beim Spülen. Nickel denkt, dass er den besten Bruder der Welt hat. Und wie schön er aussieht. Er hat hohe, schräge Stoppeln auf dem Kopf und hinten im Nacken eine lange Strähne. Im Badezimmer stehen zwei Sprühdosen mit Farbe. Manchmal sind Djangos Stoppeln grün und manchmal sind sie blau. Wenn er sich besonders schön macht, sind sie grün und blau. Heute sind sie ungefärbt braun.

Die Leute im Haus reden über Django, weil er so aussieht und sich manchmal ganz auffallend anzieht. Nickel versteht das nicht.

»Findest du Django nicht auch schön?«, hat er seine Mutter gefragt.

»Schön?« Die Mutter hat gelacht. »Das kommt darauf an, was man unter schön versteht. Aber langweilig sieht er jedenfalls nicht aus.«

Nickel nimmt das Glas, mit dem sein Vater gestern Abend vor dem letzten Schnaps noch ein letztes Bier getrunken hat, und trocknet es ab. Er schaut Django an: »Darf ich nachher ein bisschen mit deinem Rad fahren? Bitte.« Das Glas quietscht, als er es mit dem Tuch abreibt.

Django ist mit dem Spülen fertig und wischt seine Hände an den Jeans trocken. Er schüttelt den Kopf. »Heute geht's nicht. Ich fahre mit Olaf und Mattes zum Weiher. Wir wollen schauen, ob man schon schwimmen kann. Ich komme erst abends heim. Und außerdem ist mein Rad viel zu hoch für dich, damit kannst du doch gar nicht richtig fahren.«

»Aber fast«, sagt Nickel. Er ist traurig. Doch er fragt nicht, ob Django ihn mitnimmt zum Weiher. Er weiß auch so, dass er es nicht tun wird. Nicht, wenn er mit Olaf und Mattes zusammen ist.

»Nächsten Monat hast du selbst ein Rad«, tröstet Django. »Dann kannst du nachmittags auch rumfahren.«

Nickel räumt die Teller in den Schrank. Er seufzt tief. Wenn es nur nicht so lange dauern würde bis nächsten Monat. Zu seinem Geburtstag haben ihm die Mutter und der Vater ein Fahrrad versprochen. Nickel hat es sogar schon ausgesucht. Er hat lange geschwankt zwischen einem roten und einem blauen Rad. Aber schließlich hat er sich für das blaue entschieden. Blau mit silbernen Streifen und silbernen Speichen und einer silbernen Lampe. Django hat versprochen, ihm auch schwarze Totenköpfe auf die Lampe und das Schutzblech zu malen, wie bei seinem eigenen Rad.

Und noch etwas. An seinem Geburtstag will Nickel die Mutter bitten, ihm genauso eine

Frisur zu schneiden, wie Django sie hat. Jetzt sind Nickels Haare noch ziemlich lang. Aber nächsten Monat …

»Nächsten Monat ist alles anders«, sagt Nickel.

»Klar«, antwortet Django. Aber er schaut Nickel schon nicht mehr an. Er packt ein Handtuch, die Badehose und zwei Äpfel in seine Sporttasche und geht.

Nickel schaut ihm vom Balkon aus nach.

Die Sonne scheint, aber das Wasser ist bestimmt noch sehr kalt. Der Sommer fängt erst an.

Nickel legt seine Hände fest um das Geländer, beugt sich vor und spuckt. Er schaut zu, wie seine Spucke langsam an den verschiedenen Balkons vorbeitaumelt, bis sie nicht mehr zu sehen ist.

4.

Nickel macht Hausaufgaben. Wenn er allein ist, kann er sogar rechnen. Wenn niemand ihn anschaut und niemand über ihn lacht, bekommt er weder weiche Knie noch einen aufgeblasenen Kopf. Wenn er allein ist, kann er auch still sitzen. Er holt sich eine Limo aus dem Kühlschrank. Mit Limo kann er noch viel besser still sitzen. Draußen scheint die Sonne. Ein Flugzeug dröhnt über das Haus, die Scheibe vom Glasschrank neben ihm klirrt. Er hat sich zum Aufgabenmachen an den Esstisch gesetzt, weil die Stühle höher sind und er mit den Beinen baumeln kann.

Nickel pfeift beim Rechnen. Vier Pfiff-Pfiff-Pfiff-Pfiff mal drei Pfiff-Pfiff-Pfiff ist zwölf. Bei zwölfmal pfeifen zählt er an den Fingern mit. Wenn alle in der Klasse beim Rechnen pfeifen würden, wäre die Schule viel schöner. Allerdings auch viel lauter. Und keiner könnte mehr hören, wenn Frau Friedrichs schimpft. Nickel lacht. Bestimmt würde sie sagen: »Was für ein Unfug!« Wie immer.

Nickel sitzt in der ersten Reihe, weil er so

viel Unfug macht. Damit sie ihn besser beaufsichtigen kann, sagt sie. Aber eigentlich macht er keinen Unfug. Er wird nur irgendwann so kribbelig, als säße er mitten in einem Ameisenhaufen. Dann muss er unbedingt etwas tun. Meistens bewegt er zuerst die Zehen, weil Frau Friedrichs das nicht sehen kann.

Nach einer Weile nützt das dann aber auch nichts mehr und am Ende rutscht Nickel doch auf dem Stuhl herum oder steht mal schnell auf. Die anderen lachen und Frau Friedrichs wird böse. Wenn sie böse wird, bekommt Nickel Angst und grunzt und quiekt. Je böser Frau Friedrichs wird, umso lauter grunzt er. So läuft das immer. Genau genommen ist sie selber schuld, wenn er grunzt. Aber das versteht sie nicht, und Nickel traut sich auch nicht, es ihr zu erklären.

Nickel hat seine Rechenaufgaben fertig. Er nimmt sich ein Comicheftchen und geht aufs Klo. Onkel Dagobert haut gerade Donald den Regenschirm über den Kopf, als ein unheimliches Jaulen und Dröhnen ertönt. Es erfüllt das ganze Badezimmer mit schaurigen Tönen. Dazwischen klingen dumpfe Schläge. Einen Moment lang ist es still, dann kommt ein hämisches Kichern aus den Wänden. Von allen Seiten jault, dröhnt und kichert es auf Nickel ein.

Er springt auf und rennt in den Flur und lehnt sich an die Wand. Er fühlt sich zittrig und ärgert sich darüber.

»Uuuahuu!«, jault es aus der offenen Badezimmertür.

Nickel macht die Tür zu. Jetzt klingt es gedämpfter, aber fast noch unheimlicher. Nickel ballt die Hände. Das ist Bolle. Bolle wohnt genau über ihnen, im siebten Stock. Und die Töne kommen aus dem Lüftungsschacht. Django hat es Nickel genau erklärt und ihm vorgemacht, wie Bolle oben auf den Klodeckel steigt, seinen Mund an das Gitter des Lüftungsschachts drückt und heult. Das Klopfen stammt vermutlich davon, dass er mit einem Handfeger an die Rohre haut. Nickel glaubt Django. Trotzdem hat er jedes Mal Angst, wenn es losgeht mit dem Gejaule, weil es so unheimlich klingt. Wissen nützt nichts, denkt Nickel. Schlimmere Töne als diese kann er sich nicht vorstellen.

Er steht im Flur und wartet, bis Bolle genug

hat von dem Spiel. Dann geht er wieder aufs Klo. Aber jetzt macht es ihm keinen Spaß mehr. Außerdem haut Onkel Dagobert doch nur dauernd mit seinem Schirm in der Gegend herum und meistens Donald auf den Kopf. Langweilig. Nickel kennt das Heftchen fast auswendig. Er beeilt sich. Wenn ich erst mal an den Lüftungsschacht drankomme, denkt er, dann erschrecke ich Bolle auch. Ich kann garantiert noch besser heulen als der.

Nickel drückt die Wasserspülung. Dann hängt er sich den Wohnungsschlüssel um und geht hinunter.

Im Hof ist keiner, nur drüben im Sandkasten spielen ein paar Dödelbabys. Auf der Bank sitzen drei Frauen. Frau Reichert winkt ihm zu. Nickel nickt und stapft eine Weile lustlos in der Gegend herum. Ein Haus mit acht Stockwerken, in jedem Stockwerk sechs Wohnungen, aber für ihn keine Kinder außer der blöden Juliane, die sowieso nie da ist. Sie geht irgendwo in der Stadt in die Schule. Morgens fährt sie mit ihren Eltern weg und kommt erst abends wieder.

Der Fliederstrauch neben dem Sandkasten

blüht und riecht nach Sommer. Nickel springt hoch, packt einen Ast und zieht ihn herunter. Er hält seine Nase in den Flieder, bis ihm fast schwindlig wird. Dann lässt er den Ast wieder los und schaut zu, wie er hochfedert. Ein weißlich gelber Schmetterling fliegt auf und flattert zum Nachbarstrauch.

Nickel schaut ihm nach.

Er geht die Straße hinunter und klingelt bei Alexander am Gartentor. Alexander kommt mit seiner Mutter aus der Haustür. Er muss gerade jetzt zum Zahnarzt. Er hat ein sehr sauberes, weißes Hemd an.

»Nickel«, sagt Frau Kanner, »dein T-Shirt hat an der Achsel ein Loch.«

Das weiß Nickel auch. Er kann Alexanders Mutter nicht leiden. Sie ihn auch nicht, sie findet immer Ausreden, warum Alexander nicht mit Nickel spielen soll, kann oder sonst was. Einmal hat sie sogar zu Alexander gesagt, er solle sich doch endlich mal einen anderen Freund suchen. Alexander hat es Nickel erzählt.

Frau Kanner schiebt Alexander aus dem Gartentor und macht es hinter sich zu. Nickel läuft um Alexander und seine Mutter herum und bellt wie ein Hund, der sich ärgert. Zwischendurch stößt er laute Jaultöne aus. Das heißt: »Ich bin sauer, weil du weggehst. Ich will mit dir spielen.«

»Hör auf, Nickel«, sagt Frau Kanner und hält sich die Ohren zu. Auch Alexander hält sich die Ohren zu. Nickel trabt in großen Kreisen um die beiden herum. Frau Kanner hebt drohend die Hand und macht ein paar Schritte auf ihn zu. »Du Lauser, du verdammter!«, schreit sie. Nickel streckt ihr die Zunge heraus und rennt weg.

Warum muss sie ausgerechnet heute mit Alexander zum Zahnarzt gehen? Das kann man doch auch machen, wenn es regnet. Wer geht schon bei schönem Wetter zum Zahnarzt! Blöde Kuh!

»Nickel, morgen Mittag«, schreit Alexander ihm nach. »Hörst du, Nickel? Morgen, nach dem Mittagessen.«

Nickel will nichts hören. Er ist sauer.

Erst als ihm einfällt, dass er nächsten Monat Geburtstag hat, wird er wieder fröhlich. Die silbernen Streifen an dem Fahrrad sehen schön aus. Da wird Frau Kanner aber Augen machen, wenn sie sein tolles Fahrrad sieht, und Alexander wird ganz neidisch sein. Er hat nämlich kein Rad. Seine Mutter hat Angst, es könnte ihm was passieren.

5.

Nickel schlendert die Waldhornstraße entlang und biegt in die Heimgartenstraße ein. Dort wohnt Vanessa. Vanessa trägt am liebsten Hosen und Ringelpullover. Die hat sie in verschiedenen Farben. Am besten gefällt sie ihm, wenn sie den rotweißblau gestreiften Ringelpulli anhat. Sie hat braune, weiche, ein bisschen lockige Haare, die ihr meistens offen über die Schultern hängen. An der Stirn und an den Schläfen ringeln sie sich zu winzigen Löckchen. Manchmal trägt sie die Haare zu einem Pferdeschwanz gebunden. Ein paar Mal hat sie sogar Zöpfe gehabt, ganz steife, abstehende Dinger mit Schmetterlingsspangen. Nickel hat sie an den Zöpfen gezogen und sie ist sauer geworden. Dabei haben sie ihm nur besonders gut gefallen. Das hat sie nicht verstanden und er konnte es ihr nicht sagen. Jeden Morgen, wenn er ins Klassenzimmer kommt, schaut Nickel zuerst, wie Vanessa heute aussieht.

Dabei ist sie ihm bis vor ein paar Wochen nicht besonders aufgefallen. Sie war eine von zwölf Mädchen, sonst nichts. Beim letzten

Klassenausflug hat sich das plötzlich geändert, Nickel weiß auch nicht genau, warum. Sie haben im Wald gesessen und Gesellschaftsspiele gemacht. Mein rechter, rechter Platz ist leer, da wünsch ich mir den Dingsbums her. Als Vanessa drangekommen ist, hat sie einen Moment gezögert, dann hat sie gesagt: »Mein rechter, rechter Platz ist leer, da wünsch ich mir den Nickel her.« Nickel ist aufgestanden und durch den Kreis zu ihr hinübergestolpert. Dann hat er neben ihr gesessen und sich gefreut. Nur einfach gefreut. Seither ist es so mit Vanessa.

Vanessa wohnt in einem kleinen Haus mit einem großen Garten. Das Haus liegt weit hinten, hinter ein paar Kirschbäumen. Man kann nur die Haustür und zwei Fenster erkennen. Vanessa spielt oft im Garten, meistens mit ihrem kleinen Bruder und mit Kathrin. Dann geht Nickel am Zaun vorbei und tut, als würde er sie nicht sehen. Manchmal, wenn Vanessa allein im Garten ist, bleibt Nickel stehen und redet mit ihr. Einmal war er sogar schon im Garten drin, sie hat ihm ein Vogelnest gezeigt, ganz hinten im Gebüsch versteckt.

Heute ist Vanessa nicht draußen, obwohl die Sonne scheint. Auch ihr kleiner Bruder ist nirgends zu sehen.

Nickel schlendert eine Weile auf dem Bürgersteig vor dem Garten auf und ab und wirft manchmal einen verstohlenen Blick zum Haus. Das Fenster rechts neben der Haustür steht offen, aber keiner ist zu sehen.

Beim Nachbarhaus soll offensichtlich die Gartenmauer erneuert werden. Neben einem Stapel herausgebrochener Steine ist ein großer Kieshaufen aufgeschüttet. Nickel sucht sich eine Hand voll Glitzersteine heraus. Dann setzt er sich neben der Mauer auf den Bürgersteig und legt Muster. Dabei pfeift er das Lied vom Vogel, der geflogen kommt. Das haben sie letzte Woche in der Schule gesungen. Nickel stellt sich Vanessa als Vogel mit blauweißrot geringelten Flügeln vor. Sie fliegt durch die Luft. Nickel klopft mit der Hand neben sich und ruft: »Mein rechter, rechter Platz ist leer, da wünsch ich mir Vanessa her.« Vanessa schaut zu ihm herunter und winkt mit ihren gestreiften Flügeln. Sie hat Tintenkleckse an den äußersten Fingerfedern. »Aber Vanessa«, sagt

Frau Friedrichs, »ein Vogel mit Tintenklecksen, das ist Unfug.«

Vanessa erschrickt, kommt aus dem Gleichgewicht und rudert wild mit den Flügeln. »Vorsicht, Vanessa!«, schreit Nickel. »Pass doch auf!« Und er streckt die Arme aus, um sie aufzufangen.

Nickel hebt den Kopf. Über ihm ist blauer Himmel, Vanessa kommt nicht geflogen. Auch nicht gegangen. Sie kommt einfach gar nicht. Vor ihrem Gartentor picken zwei Spatzen im Dreck. Nickel klatscht in die Hände, die Spatzen flattern aufgescheucht und schimpfend davon.

Nach einer Weile wird ihm die Warterei langweilig. Wenn ich jetzt schon mein Fahrrad hätte, denkt er, dann würde ich immer hin und her fahren und laut klingeln. Dann würde sie bestimmt herauskommen.

Er steht auf, stopft die Glitzersteine in die Hosentasche und klopft sich den Dreck vom Hintern. Dann geht er ganz dicht am Gartentor vorbei und klingelt. Aber bevor noch jemand kommen kann, rennt er schnell weg. Erst als er schon längst wieder in der Waldhornstraße ist, bleibt er stehen und verschnauft. Schade, dass Vanessa nicht im Garten war.

Nickel kniet sich auf den Boden und legt aus den Glitzersteinen Buchstaben. VANESSA. Plötzlich, er weiß auch nicht, warum, packt ihn der Zorn. Wütend tritt er gegen die Steine. Zwei Frauen kommen vorbei, müssen den Steinen ausweichen und ärgern sich laut. »Rotzlöffel«, sagt die eine.

Nickel rennt heim. Und weil er nicht weiß, was er machen soll, fährt er ein bisschen Aufzug. Er drückt der Reihe nach auf alle Knöpfe, vom Keller bis zum sechsten Stock und wieder zurück. Zum siebten Stock fährt er nie, weil er keine Lust hat, Bolle zu treffen.

Plötzlich geht im Keller die Aufzugtür auf und Frau Dobermann kommt mit einem großen, vollen Wäschekorb herein. Im Keller befindet sich der Wäschetrockenraum und Frau Dobermann ist die Hausmeisterin. Eigentlich heißt sie Kobermann, aber Django hat sie umbenannt. »Das passt viel besser«, hat er gesagt und der Vater hat schrecklich gelacht darüber. Wenn Nickel Frau Dobermann sieht, muss er zuerst immer daran denken, wie sein Vater gelacht hat.

Frau Dobermann ist groß und dick, besonders um den Busen herum. Sie hat ein grünes Kleid mit Gänseblümchenmuster an. Nickel will sich schnell an ihr vorbeidrücken und aussteigen, aber sie schiebt ihn mit dem Wäschekorb gegen die Rückwand des Aufzugs. Die Wäsche riecht unangenehm. Aprilfrische, denkt Nickel. Frau Dobermann stellt den Wäschekorb ab und drückt auf den Knopf.

»Und inzwischen stehen die Leute am Aufzug und wundern sich, wo er bleibt! Dann heißt es gleich wieder, warum ich nicht besser aufpasse. Du weißt doch, dass du das nicht darfst. Aber heute rede ich mit deiner Mutter, pass nur auf. Die soll dir mal richtig den Hintern versohlen, damit du mit dem Unfug aufhörst.«

Ihre Stimme ist laut und schepperig und hört sich in dem engen Aufzug noch lauter und schepperiger an. Sie steht jetzt ganz dicht vor Nickel. Er sieht nur noch Gänseblümchen. Die Gänseblümchen verschwimmen zu weißen Flecken. Und wenn er den Kopf hebt, sieht er über sich ihren dicken Busen. Seine Knie zittern, er kann fast nicht atmen. Dafür schnauft Frau Dobermann umso lauter.

Endlich sind sie im zweiten Stock. Frau Dobermann drückt mit ihrem Hintern die Tür auf und zerrt den Wäschekorb aus dem Aufzug. Bevor die Tür ganz zugefallen ist, muht Nickel wie eine Kuh, die ein bisschen frech wird.

Frau Dobermann hebt den Kopf. Ihre Lippen bewegen sich, aber Nickel kann nicht mehr verstehen, was sie sagt. Der Aufzug fährt schon. Sie droht mit der Faust und das versteht Nickel sehr gut.

Frau Dobermann verschwindet. Zuerst verschwinden der Wäschekorb und ihre Füße, ihre Waden und der Rocksaum, dann ihr Bauch mit den Gänseblümchen, dann ihr Busen und zuletzt ihr Kopf.

Im sechsten Stock steigt Nickel aus und geht in die Wohnung. Als er die Tür hinter sich zugemacht hat, sagt er ganz laut »alte Fettkuh« zu Frau Dobermann, auch wenn sie es nicht hört. »Alte Fettkuh und blöde Ziege und doofes Doofhuhn.« Dann macht er den Fernseher an.

Schade, dass er keine Schokolade hat. Auf dem Sessel sitzen, fernsehen und dabei Schokolade lutschen, etwas Schöneres gibt es nicht. Höchstens noch eine Cola dazu, aber die bekommt er fast nie, wegen der Gesundheit. Ein Zeichentrickfilm und eine ganze Tafel Nussschokolade! Dann freut sich Nickel sogar, dass seine Mutter arbeitet und Django seine Freunde Olaf und Mattes hat. Dann ist Nickel gern allein. Niemand sagt: »Bring den Abfall zum Müllschlucker, Nickel.« Oder: »Deck den Tisch, Nickel.« Oder: »Lauf schnell und hol ein Pfund Salz, Nickel.« Nur er und die Schokolade und der Fernseher. Und wenn's ganz toll ist, noch die Cola.

Nickel holt die Zuckerdose und hockt sich in den Sessel. Im Fernsehen stapfen zwei Männer durch den Urwald. Sie haben Gewehre bei sich und komische Hüte auf dem Kopf. In den Bäumen sitzen Vögel und Affen. Der eine Mann springt zur Seite, als plötzlich eine Schlange vor ihm auftaucht. Der Mann strauchelt, fällt über einen Ast. Die Schlange schlängelt auf ihn los und züngelt ganz nahe an seinem Gesicht. Nickel beißt sich auf die Unterlippe. Der andere Mann legt das Gewehr an und erschießt die Schlange. Nickel atmet auf.

Er steckt seinen Zeigefinger abwechselnd in die Zuckerdose und in den Mund und schaut zu, wie ein paar Elefanten mit ihren dicken Beinen zwischen den Bäumen herumstampfen. Sie heben ihre Rüssel und trompeten. Nickel versucht es nachzumachen. Aber Elefantentrompeten ist schwer. Er verprustet ein paar Zuckerkörner über den Sessel und auf den Teppich.

Inzwischen sind die Elefanten an einem Fluss angekommen. Sie halten ihre Rüssel hinein, heben sie hoch und spritzen sich das Wasser ins Maul. Das sieht komisch aus.

Nickel kichert.

»Du säufst zu viel«, sagt die Elefantenfrau zum Elefantenmann. »Ich weiß nicht, wo das noch hinführen soll. Und das Geld, das da draufgeht!«

»Reg dich doch ab«, sagt der Elefantenmann, »schließlich ist der Fluss umsonst.«

Nickel steht auf und macht den Fernseher aus.

6.

Nickel, Django und die Mutter sitzen beim Abendessen. Der Vater kommt heute spät, er hilft einem Arbeitskollegen beim Hausbauen. »Das Geld können wir brauchen«, hat der Vater gesagt, als er das erste Mal abends hingegangen ist. Und nachdem er das alte Auto kaputtgefahren hat, hilft er seinem Kollegen noch öfter. Sonst hätte er sich das neue Auto bestimmt nicht leisten können.

Nickel erzählt von Frau Dobermann. »Sie meint, du solltest mir mal richtig den Hintern versohlen«, sagt er.

Django lacht und bietet der Mutter an, ihr dabei zu helfen.

Die Mutter seufzt. »Vielleicht sollte ich das wirklich mal tun. Warum machst du auch immer wieder diesen Blödsinn mit dem Aufzug? Du weißt doch, dass wir deshalb nur Ärger kriegen mit ihr.«

Nickel schaut seine Mutter an. »Was soll ich denn sonst machen, kannst du mir das sagen? Das Fernsehprogramm fängt doch erst so spät an.«

»Trotzdem«, sagt die Mutter. »Django macht so was doch auch nicht.«

»Ja, Django«, sagt Nickel.

Seine Mutter fragt nicht weiter. Sie weiß auch so, was Nickel meint. Django ist anders. Er ist groß und hat viele Freunde. Er hat ein Fahrrad, und Angst hat er auch nicht, noch nicht einmal vor Frau Dobermann.

»Nächsten Monat«, sagt die Mutter.

Nickel nickt. »Ja, nächsten Monat.«

In diesem Moment hören sie aus dem Badezimmer ein lautes Krachen und Poltern. Es klingt, als würde das ganze Haus zusammenfallen. Nickel zieht erschrocken den Kopf ein. Die Mutter springt auf und läuft zum Badezimmer, Django rennt ihr nach. Dabei stößt er seine Milchtasse um. Nickel holt aus der Küche einen Lappen und wischt die Milch weg, die auf den Boden tropft.

Das Krachen und Poltern hört auf.

»Die Waschmaschine«, sagt die Mutter drüben im Badezimmer. »Verdammt, die ist hin.«

Nickel wirft den Lappen ins Spülbecken und geht ins Badezimmer. Die Mutter sitzt auf dem Wannenrand und betrachtet traurig die

Maschine. Django steht neben ihr, er hat das Kabel mit dem Stecker noch in der Hand. Er sieht ein bisschen blass aus. Die Waschmaschinentür ist aufgesprungen und warme Seifenlauge rinnt aus der Öffnung auf den gekachelten Fußboden. Neben dem Klo liegt ein abgebrochenes Plastikteil vom Türverschluss. Nickel tritt mit dem Fuß dagegen.

»Nimm ein Handtuch«, sagt die Mutter.

Django legt den Stecker auf die Waschmaschine, nimmt ein Badetuch vom Haken und lässt es auf den Boden fallen. Es saugt sich sofort voll. Django bückt sich, hebt das triefende Handtuch auf und drückt es im Waschbecken aus. Dann legt er es wieder in das Seifenwasser. Das macht er so oft, bis der Fußboden fast trocken ist.

Die Mutter schaut ihm bewegungslos zu.

»Was hat denn den Krach gemacht?«, fragt Nickel.

Die Mutter hebt den Kopf. »Die Schleuder«, sagt sie. »Jetzt ist sie endgültig hinüber. Die Reparatur lohnt sich nicht, das hat der Mann schon das letzte Mal gesagt, als er hier war. Dafür ist die Maschine zu alt, hat er gesagt.«

»Wie viel kostet eine neue?«, fragt Django.

Die Mutter wischt sich die Haare aus der Stirn. »Sechshundert mindestens, denke ich. Und wenn man eine einigermaßen gute haben will, vermutlich noch mehr. Verdammt, ausgerechnet jetzt, wo Papa das neue Auto gekauft hat. Wo sollen wir denn das Geld für eine Waschmaschine hernehmen?«

Sie bückt sich, zerrt Wäschestücke aus der Maschine und wirft sie in die Badewanne. Die Wäsche tropft. Die Mutter nimmt ein Stück nach dem anderen, bis die Waschmaschine leer ist und der Boden wieder voller Wasser. Sie wischt mit dem ohnehin schon nassen Badetuch über den Boden, dann knallt sie es in die Ecke am Klo.

»Kommt rüber«, sagt sie. »Wir essen weiter. Und nachher muss ich noch das ganze Zeug mit der Hand ausspülen. Ausgerechnet heute, wo ich sowieso schon so müde bin.«

Die Mutter sitzt am Tisch und stützt den Kopf auf.

»Soll ich dir ein Glas Wein holen?«, fragt Django.

»Lieber nur ein Glas Wasser«, sagt die Mutter müde. »Es reicht, wenn einer in der Familie gern trinkt.«

Django bringt ihr ein Glas Wasser, dann essen sie weiter. Die Mutter sagt kein Wort. Und an ihrem Brot kaut sie so lange herum, dass sie noch nicht einmal eine halbe Scheibe gegessen hat, als Django und Nickel schon fertig sind. Nickel weiß nicht, was er sagen soll, wenn die Mutter und Django so still sind. Es ist eine Stimmung wie bei Gewitter, nur eben lautlos. Das macht es noch schlimmer.

Django steht auf und schaltet den Fernseher ein.

Die Mutter zieht Nickel zu sich auf den Schoß. »Mit dem Fahrrad wird es erst mal nichts«, sagt sie. »Wir brauchen dringend eine neue Waschmaschine.«

Nickel denkt: Nächsten Monat habe ich Geburtstag, das dauert nicht mehr lange. Er starrt auf die rote Bluse, die seine Mutter anhat, und zählt die vielen kleinen Knöpfe. Eins, zwei, drei, vier, fünf … Dann versteht er, was sie gesagt hat. Aus dem Fernseher kommt eine Frauenstimme: »Das schöne Frühsommerwetter hält weiter an. Höchsttemperaturen morgen um 22 Grad im Norden und 25 Grad im Süden.«

»Mit dem Fahrrad wird es erst mal nichts«, hat die Mutter gesagt. Sie macht nur Spaß, denkt Nickel. Bestimmt macht sie nur Spaß. Ich habe doch nächsten Monat Geburtstag.

Die Mutter streichelt ihm über den Kopf. »Sei nicht traurig, Nickel. Sobald wir wieder Geld haben, bekommst du dein Fahrrad. Ganz bestimmt.«

Nickels Kopf ist leer. Er schlägt ihre Hand weg und rutscht von ihrem Schoß. »Und dann geht der Staubsauger kaputt«, brüllt er sie an. »Und dann der Herd und dann die Nähmaschine und dann das neue Auto und dann … und dann … Und dann bin ich längst alt und tot.«

Er kann nicht mehr weiterbrüllen, er weint.

Die Mutter will seine Hand nehmen. »Sei doch vernünftig, Nickel«, sagt sie.

Aber Nickel will nicht vernünftig sein, er will ein Fahrrad. Er reißt sich los und rennt ins Kinderzimmer. Die Tür schmeißt er so laut hinter sich zu, dass die Fensterscheibe zittert. Er wirft sich auf sein Bett und weint.

Nach einer Weile weint er leiser.

Er hört, wie seine Mutter ins Badezimmer geht und Wasser in die Wanne laufen lässt. »Django!«, ruft sie. »Django, komm, hilf mir!«

Die zwei, denkt Nickel. Immer die zwei. An mich denkt keiner. Warum hat sie mich nicht gerufen? Und dann denkt er: Scheiß-Waschmaschine. Wozu brauchen wir eine Waschmaschine? Djangos Jacke wäscht sie ja auch im Waschbecken mit der Hand und sagt kein Wort darüber.

Django hat eine schwarze Glanzjacke. Den Rücken hat er mit Aufklebern bepappt, und damit die bei der Wäsche nicht kaputtgehen, wäscht die Mutter vorsichtig mit der Hand außen herum. Da macht es ihr nichts aus. Aber es ist ja auch Djangos Jacke.

Nickel denkt an das Fahrrad. Blau und silbern. Sogar im Laden hat es geleuchtet, obwohl es in einer düsteren Ecke stand. Wie muss es dann erst in der Sonne aussehen.

Nickel schnieft und schluckt und wimmert und steckt den Daumen in den Mund. Nie wieder wird er sich freuen. Nie wieder lachen. Und mit ihr reden erst recht nicht. Er nuckelt und weint vor sich hin, bis er einschläft.

7.

Als Nickel am nächsten Morgen aufwacht, ist erst einmal alles wie sonst auch. Sogar besonders schön, denn die Sonne scheint durch den Vorhang und wirft einen Streifen Spitzenmuster an die Wand neben Nickels Bett. Er streckt die Hand aus und fährt das Muster mit dem Finger nach. Wie jeden Morgen liegt er im Bett, hat seinen Schlafanzug an und ist zugedeckt.

»Los, Nickel, steh endlich auf!«, ruft die Mutter aus der Küche. Sie hört sich so ungeduldig an, als hätte sie schon mehrmals gerufen.

Djangos Bett ist bereits leer. Nickel hört ihn im Badezimmer prusten. Django duscht immer sehr laut, besonders am Schluss, wenn er das kalte Wasser andreht. Zum Abhärten, sagt er. Nickel hat überhaupt keine Lust auf Abhärtung, wenn man sich dafür kalt duschen muss.

Er springt aus dem Bett und zieht sich schnell an. Als er den Reißverschluss seiner Jeans hochzieht, fällt ihm plötzlich wieder die Waschmaschine ein. Die Waschmaschine und das Fahrrad, das er sich aus dem Kopf schlagen kann.

Nächsten Monat hat er Geburtstag, aber das ist nun bedeutungslos geworden.

Blöde Sonne! Nickel geht zum Fenster und zieht den Rollladen halb herunter.

»Nickel!«, ruft die Mutter. »Nickel, es ist schon spät, beeil dich!«

Als Nickel ins Badezimmer kommt, dreht Django gerade die Dusche ab. Nickel schaut ihn nicht an. Da steht die verdammte Waschmaschine. Das Loch zum Wäscheeinfüllen sieht aus wie ein aufgerissenes schwarzes Maul. Die Maschine grinst Nickel schadenfroh an. Er versetzt ihr einen Tritt. Au, verdammt! Nickel hüpft auf einem Fuß herum, den anderen hält er mit den Händen fest. Sein großer Zeh!

»Spielst du Rumpelstilzchen oder bist du verrückt geworden?«, fragt Django, nimmt ein großes, blaues Handtuch und wickelt sich hinein.

Nickel gibt ihm keine Antwort. Er lässt seinen Zeh los und putzt sich die Zähne.

Als er ins Wohnzimmer kommt, sagt die

Mutter: »Zieh ein anderes T-Shirt an, das da hat ein Loch.«

Wortlos geht Nickel zurück ins Kinderzimmer und zieht sich um. Er nimmt ein schwarzes T-Shirt. Als die Oma gestorben ist, hat die Mutter ein paar Wochen lang auch nur schwarze Sachen angezogen, aus Trauer. Das T-Shirt gehört eigentlich Django und ist Nickel viel zu groß. Aber als er zurückkommt, sagt die Mutter nichts dazu. Sie tut, als fiele es ihr überhaupt nicht auf.

Und Django sagt nur: »Das nächste Mal fragst du mich gefälligst, wenn du was von meinen Sachen anziehen willst, verstanden?«

Nickel setzt sich an den Tisch und trinkt eine Tasse Milch. Hunger hat er nicht.

»Nur eine Scheibe Brot«, sagt die Mutter.

Nickel schüttelt den Kopf. Er schaut sie nicht an, er will nicht weinen. Django weint nie. Aber Django hat ja auch ein Fahrrad.

Als er gehen will, gibt ihm seine Mutter einen Kuss. Nickel dreht den Kopf weg. »Nimm's doch nicht so schwer, Nickel«, sagt sie. »Aufgeschoben ist nicht aufgehoben.« Sie nimmt ein Markstück, das auf dem Esstisch liegt, und hält es Nickel hin. »Hier, das hat Papa für dich dagelassen. Du sollst dir ein Eis kaufen und nicht so traurig sein, hat er gesagt. Es tut ihm auch Leid.«

»Es kann ihm leicht Leid tun«, schreit Nickel. »Sehr leicht kann ihm das Leid tun. Er hat ja schon ein neues Auto.«

»Jetzt stellst du dich aber wirklich an, Nickel«, sagt Django. »Du bist doch kein kleines Kind mehr. Soll ich dich ausnahmsweise ein Stück mit dem Fahrrad bringen?«

Nickel schüttelt den Kopf. Er nimmt seinen Ranzen, rennt an Django und der Mutter vorbei zur Tür. Er sagt auch nicht Auf Wiedersehen, er knallt einfach die Tür hinter sich zu. Aber er hat noch gehört, wie Django gesagt hat: »Lass ihn ruhig, Mama. Der regt sich auch wieder ab.«

Von wegen, denkt Nickel, nie! Weil der Aufzug nicht gleich kommt, rennt er die Treppe hinunter. »Django hat auch gut reden«, sagt er laut. »Der hat sein Fahrrad. Alle haben, was sie wollen, nur ich nicht.«

Auf dem Schulweg geht Nickel sehr langsam. Viele Kinder fahren mit Rädern an ihm vorbei. Heute sieht er nur die, die Räder haben. Alle haben Räder. Nur Alexander hat auch keins. Wo steckt der überhaupt?

Bolle kurvt um ihn herum und schreit: »Nickel-Karnickel! Ich pack dich am Wickel!«

Nickel macht sich klein und versteckt sich hinter einer Gruppe Viertklässler. Bolle lacht und fährt weiter. Freihändig. Sein Rad ist alt, schwarz und ziemlich verrostet. Aber es ist ein Fahrrad.

Wenn ich wenigstens so eins hätte, denkt Nickel. Und dann denkt er: Nein, so eins will ich nicht. Ich will das blaue mit den Silberstreifen. Außerdem haben sie es mir versprochen.

Er überquert die Straße, weil er auf der anderen Seite Vanessa entdeckt hat.

»Hallo«, sagt er.

Vanessa sagt auch Hallo und bleibt stehen. Nickel hat fast das Gefühl, als könnte dieser Tag doch noch schön werden. Aber da kommt Kathrin von hinten und legt Vanessa den Arm um die Schulter. Im Weggehen nickt sie ihm noch einmal zu. Wenigstens das.

Jetzt ist Nickel wieder allein. Er stellt sich vor, wie es wäre, wenn er sein Fahrrad schon hätte. Er könnte zu Vanessa sagen, sie solle doch ihren Ranzen hinten auf sein Rad stellen. So macht das Django manchmal mit Elvira. Elvira läuft dann neben Django her und sie reden und lachen miteinander. Django ist wütend geworden, als Nickel ihn gefragt hat, ob er in Elvira verliebt ist.

Nickel stellt sich vor, wie Vanessa neben ihm hergeht und mit ihm redet und lacht. Er stellt es sich ganz deutlich vor. Vanessa bekommt Grübchen in den Backen, wenn sie lacht, und man sieht ihre großen, hübschen Hasenzähne. Einen Moment lang vergisst Nickel, dass die Waschmaschine kaputtgegangen ist. Dann fällt es ihm wieder ein.

Scheiß-Waschmaschine. Aber inzwischen ist er am Schulhaus angekommen. Manchmal hat er Angst vor der Schule und vor der Klasse und vor Frau Friedrichs. Aber heute nicht, heute ist ihm alles egal. So egal, dass er keine Spur von Angst fühlt. Er wundert sich.

Alexander sitzt schon auf seinem Platz. Nickel setzt sich neben ihn. Alexander hält ihm einen Kaugummi hin. Er hat fast immer welche dabei. Seine Mutter sagt, das wäre gesund für die Zähne. Nickel wickelt den Kaugummi aus und steckt ihn in den Mund.

Frau Friedrichs kommt herein, sie müssen eine Geschichte lesen. Weil er mit Kaugummi schlecht lesen kann, pappt Nickel ihn einstweilen unter die Tischplatte.

Es geht so lange gut, bis das Kind in der Geschichte sehr traurig ist und weint.

»War einer von euch schon mal sehr traurig?«, fragt Frau Friedrichs. »Was habt ihr denn dann gemacht? Habt ihr auch geweint?«

Carola erzählt, wie ihr Opa gestorben ist, und Michi berichtet von dem Kanarienvogel, den er einmal hatte. Julian sagt, als sein Vater ausgezogen ist, sei er sehr traurig gewesen. »Auch heute bin ich manchmal noch traurig«, sagt er. Alle haben sie geweint, sogar Michi, von dem Nickel es sich nicht vorstellen kann.

»Und du, Nickel?«, fragt Frau Friedrichs.

Nickel schaut ihr direkt ins Gesicht, sie schaut zurück. Da senkt Nickel den Kopf und heult wie ein Kater, der sehr, sehr traurig ist.

Diesmal wird Frau Friedrichs nicht böse. Es lacht auch keiner. Außer Dieter und der ist sowieso blöd. Nickel merkt, wie ihm die Tränen in die Augen steigen. Er springt auf und rennt aus der Klasse.

Er geht hinunter in den Fahrradkeller. Bolles Rad hat er bald gefunden. Es gibt nur wenige, die so alt und vergammelt aussehen. Nickel dreht erst die Ventilschrauben am Vorderrad ab, dann die vom Hinterrad. Er schaut zu, wie die Reifen immer dünner werden. Dann sucht er noch ein besonders schönes Fahrrad aus, ein blausilbernes, und lässt ebenfalls die Luft aus den Reifen.

Jetzt muss er nicht mehr weinen und kann in die Klasse zurückgehen. Frau Friedrichs schaut ihn seltsam an, sagt aber nichts.

Nickel tastet nach dem Kaugummi unter der Tischplatte, fummelt ihn ab und steckt ihn in den Mund.

Das Kind in der Geschichte hat auch aufgehört zu weinen.

8.

Nickel ist heute dran mit dem Einkaufen, das stimmt. Django hat sogar zwei Tage hintereinander eingekauft, weil Nickel zu nichts Lust gehabt hat und einfach nur rumhing. Heute jedoch weigert er sich. Und ausgerechnet heute hat die Mutter gesagt, sie sollten Kartoffeln kaufen. Deshalb beharrt Nickel darauf, dass Django einkaufen muss. Schwere Sachen muss er holen, weil er die Tasche auf den Gepäckträger klemmen kann.

»Kartoffeln sind schwer«, faucht Nickel Django an. »Kartoffeln, Äpfel und zwei Liter Milch und dazu noch Zucker und Fleisch.«

»Lass von mir aus die Äpfel weg«, sagt Django. »Ich kann jedenfalls nicht. Mattes wartet auf mich.« Er zieht seine schwarze Glanzjacke an. »Du kannst ja auch zweimal gehen. Übrigens, das Wasser im Weiher ist wirklich noch zu kalt zum Schwimmen.«

»Ist mir doch scheißegal«, heult Nickel. »Du sollst einkaufen gehen.«

Django zieht den Reißverschluss seiner Jacke halb hoch. Seine Stoppeln sind heute blau und passen zu seinem Hemd. »Du gehst mir auf den Geist«, sagt er. »Ich habe dir doch gesagt, dass ich heute nicht kann. Stell dich nicht so an. Und das alles nur, weil du dein Fahrrad erst später bekommst. Na und? Hör auf, dauernd rumzubrüllen.«

Nickel brüllt weiter, und als Django ihm genervt eine runterhaut, brüllt er erst recht. Django dreht sich um und geht zur Tür hinaus. Nickel hat gerade noch gesehen, dass die Nackensträhne grün ist. Nickel hört auf zu brüllen. Wozu auch, es hört ja doch keiner mehr zu.

Er geht ins Kinderzimmer, zieht die Tischschublade auf und holt seine Sammlung heraus. Das Wüstenbild, den Radfahrer, die Kuhweide mit Kühen und Kälbern, den Fahrradkatalog, das Bild von einem Ameisenhaufen. Er hört auf zu blättern. Es interessiert ihn heute nicht. Er greift ganz hinten in die Schublade und tastet nach der Pfennigsau. Sie heißt Pfennigsau, weil Nickel alle Pfennige und Zweipfennigstücke hineinsteckt, die ihm begegnen. Die Pfennigsau ist aus Porzellan, rosa, mit aufgemalten blaulila Blumen. Und schon ziemlich schwer. Um ihren Hals trägt sie ein himmelblaues Band mit dem Schlüssel. Nickel schließt ihren dicken Bauch auf und schüttet das ganze Geld auf den Tisch. Er zählt. Aus den Pfennigen stapelt er Zehnerhäufchen und stellt immer zehn davon zu einer Mark zusammen. Zwölf Mark vierundfünfzig sind es. Die Zweipfennigstücke ergeben fünf Mark achtzig. Macht zusammen achtzehn Mark vierunddreißig. Dafür bekommt man höchstens eine Fahrradklingel oder Pedale.

Irgendwann heult der doofe Bolle durch den Lüftungsschacht.

Nickel rennt zum Badezimmer und schreit: »Blödmann, blöder!« Dann knallt er die Tür wieder zu.

Er nimmt die Einkaufstasche und den Geldbeutel und hängt sich den Schlüssel um. Seit er einmal vier Stunden auf Django warten musste, vergisst er den Schlüssel nie mehr.

Die Pfennigsau steht mit leerem Bauch neben den Geldhäufchen. Nickel wirft ihr einen bösen Blick zu. »Blödes Schwein«, sagt er laut. »Du hättest ruhig ein bisschen fetter sein können.«

Die Pfennigsau schaut ihn ungerührt an.

Wenn man auch schon blaulila Blumen um die Augen herum hat!

Bevor Nickel den Aufzug verlässt, drückt er schnell noch auf alle Knöpfe.

Auf dem Parkplatz vor dem *Grosso-Markt* stehen viele Autos. Der Fahrradständer ist weiter hinten, am Zaun zum *Hin-und-mit*. Nickel geht die ganze Fahrradreihe entlang. Und da entdeckt er es zufällig.

Das Rad ist rot mit silbernen Speichen und silberner Lampe. Es steht einfach da und ist nicht abgeschlossen. Nickel starrt es an. Wie kann jemand ein so wunderbares Rad nicht abschließen? »Idiot!«, sagt er atemlos. Er meint den Fahrradbesitzer beziehungsweise die Besitzerin. Es ist ein Mädchenfahrrad.

Nickel merkt, wie sein Gesicht ganz heiß wird. Er dreht sich schnell um, rennt zum Eingang des *Grosso-Markts*, schnappt sich einen Wagen und geht durch das Drehkreuz. Es ist sehr voll, wie immer am Freitagnachmittag.

Die Kartoffeln sind nicht so schwer, wie er gedacht hat. Aber er kennt das, unterwegs werden sie dann immer schwerer. Er geht an den Äpfeln vorbei. Bei den Süßigkeiten bleibt er stehen und überlegt, ob er sich nicht einen Kaugummi kaufen soll. Er könnte von dem Pfennigsau-Geld nehmen und es in die Haushaltskasse zurücklegen. Nein, lieber nicht. Im Moment ist die Pfennigsau seine einzige Hoffnung auf ein Fahrrad. Nickel geht langsam weiter. Immer langsamer. Als er die beiden Milchpackungen in den Wagen gelegt hat, hält er es nicht mehr aus. Er nimmt die Einkaufstasche, lässt den Wagen stehen und geht zurück. Er kriecht unter der Stange neben dem Drehkreuz durch und ist auf dem Parkplatz. Zögernd geht er an den Autos vorbei, bis er wieder vor dem Fahrradständer steht. Das rote Rad ist noch da. Nickels Kopf glüht von außen; von innen fühlt er sich sehr leer an.

Er kann nicht denken und er will auch nicht denken. Er sieht nur das rote Fahrrad. Seine Hände zerren es aus dem Ständer. Er klemmt die Einkaufstasche auf den Gepäckträger und schiebt das Rad quer über den Parkplatz. Fast wäre er in ein Auto hineingelaufen. Als die Fahrerin hupt, bleibt er wie erstarrt stehen. Seine Knie sind so weich, wie sie es noch nie waren. Die Frau im Auto lacht und schüttelt verwundert den Kopf. Sie macht eine Bewegung mit der Hand, er soll zur Seite gehen. Nickel schiebt das Rad an dem Auto vorbei. Die Frau lacht immer noch. Sie hat ein rotes Tuch um den Hals gebunden und ihr Mund ist noch röter.

An der Ecke sieht Nickel am anderen Ende der Waldhornstraße die Hochhäuser. Er schaut schnell weg und biegt in die Heimgartenstraße ein.

Schon von weitem hört er Geschrei. Die großen Jungen spielen Fußball. Nickel wechselt zur anderen Straßenseite. Django spielt auch manchmal Fußball und dem will er jetzt nicht begegnen. Dann fällt ihm ein, dass Django mit Mattes zur Theresienwiese gefahren ist, weil dort irgendetwas los sein soll.

Der Ballerer steht vor der Wirtschaft und wäscht die Tische ab. Nickel wartet, bis er wieder ins Haus gegangen ist, dann schiebt er das Rad schnell vorbei. Nach dem *Goldenen Ball* kommen noch ein paar Häuser, dann ist Nickel an der Kleingartensiedlung mit den vielen Holzhäuschen. In einigen Gärten arbeiten Leute, andere liegen in der Sonne oder sitzen an Gartentischen.

Im Vorbeigehen sieht Nickel, dass die Erdbeeren langsam rot werden. Letztes Jahr hat ihm ein Kleingarten-Mann ein ganzes Körbchen voll Erdbeeren geschenkt.

Nickel geht weiter. Eine Frau ruft ihm zu:

»He, Kleiner, bist du so müde, dass du dein Rad schieben musst?«

Nickel gibt ihr keine Antwort. Er schaut noch nicht einmal zu ihr hin.

An der Eisenbahn biegt er in einen schmalen Fußweg ein. Der Pfad führt zwischen dem Bahndamm und einem Mini-Wäldchen hindurch, macht dann eine Kurve nach rechts und endet bei zwei abgelegenen Häusern. Der Bahndamm ist steil und hoch und mit Büschen bewachsen. Der Ginster blüht schon. Zwischen Baumstämmen und Gras liegen Gerümpel und altes Zeug. Coladosen, Zeitungen, ein paar verbeulte Töpfe und sogar kaputte Autoreifen. Die Leute schmeißen einfach ihren Kram dahin, obwohl das verboten ist, hat Django gesagt.

Nickel ist angekommen. Dieser Pfad ist der einsamste Ort, den er kennt.

9.

Nickel schaut sich um. Kein Mensch ist zu sehen. Er schiebt mit dem Fuß die Pedale am Rad zurecht, steigt auf und fährt. Das Rad schwankt. Nach zwei, drei Metern wackelt es so sehr, dass Nickel abspringen muss. Er versteht das nicht. Auf Djangos Rad kann er doch auch fahren, wenigstens dann, wenn Django ihm hilft. Dabei ist Djangos Rad höher als dieses da. Nickel atmet tief durch. Dann versucht er es noch einmal. Diesmal geht es schon ein bisschen länger, aber abspringen muss er trotzdem.

Hinter sich hört er ein Bellen.

Ein alter Mann mit einem kleinen Hund nähert sich. Nickel schiebt das Rad zur Seite und zieht die Schultern hoch. Der Hund kläfft, beschnüffelt ihn und springt an ihm hoch. Nickel bleibt stocksteif stehen.

»Du wirst doch keine Angst vor so einem Hundchen haben«, sagt der Mann und zerrt an der Leine. Dabei schaut er Nickel an und verzieht das Gesicht, als würde er lachen. Aber das ist kein Lachen, Nickel kann es genau sehen. Der Mann grinst so hämisch, als wüsste er alles über Nickel und das rote Fahrrad.

Nickel wartet, bis Mann und Hund hinter der Biegung verschwunden sind. Dann übt er weiter. Rauf auf das Rad, runter vom Rad. Einmal gelingt ihm der Absprung nicht rechtzeitig und er stürzt samt Fahrrad in einen Holunderstrauch. Die Zweige zerkratzen ihm Arme und Beine. Sein rechtes Knie blutet sogar ein bisschen, aber komischerweise tut es nicht weh.

Nickel hebt das Rad hoch und untersucht es genau. Nichts ist passiert, noch nicht einmal der Lenker ist verbogen. Erleichtert steigt er wieder auf.

Also weiter. Schließlich ist Nickel so müde vom vielen Üben, dass er nur noch schnaufen und zittern kann. Aber immerhin schafft er schon ein ganz schönes Stück.

Nickel schaut sich um. Prüfend betrachtet er den Bahndamm und wählt dann einen schönen, dichten Busch mit kleinen, weißen Stinkblüten, der in einer Mulde auf halber Höhe wächst. Schwitzend und keuchend zerrt er das Rad die Böschung hinauf. Diesmal hat er vor lauter Anstrengung Wackelpuddingknie. Oder ist es doch Angst? Er denkt an den Mann mit dem Hund und schaut den Weg hinunter. Niemand.

Nickel schiebt das Rad quer zum Hang hinter das Gebüsch und legt es dort ins Gras. Dann rutscht er vorsichtig wieder zum Weg hinunter. Sein Knie brennt. Er befeuchtet seinen Finger mit Spucke und reibt es ein. Ein bisschen weh tut es ihm jetzt doch.

Er schlendert den Bahndamm entlang bis zu der Stelle, von der aus die Kleingartensiedlung zu erkennen ist. Dann dreht er sich um und geht in die andere Richtung bis dahin, wo der Weg abknickt und man weiter hinten, halb verdeckt von Bäumen, die Häuser stehen sieht. Dabei lässt er den Stinkblütenbusch nicht aus den Augen.

Er grunzt wie ein sehr zufriedenes Schwein. Nichts ist von dem Rad zu sehen, nicht das kleinste bisschen Silber. Doch als er wieder die Böschung hochklettert, blitzt es an einer Stelle auf. Nickel reißt ein paar Zweige vom nächsten Strauch ab und verstopft damit das verräterische Sichtloch.

Dann hockt er sich hinter das Gebüsch zu dem Fahrrad. Die Mulde hinter dem Stinkblütenbusch ist flacher und größer, als man es von unten sehen kann.

Nickel fühlt sich verschwitzt und dreckig und heiß. Er zieht sein T-Shirt aus und hängt es über einen Zweig. In der Sonne wird es bald trocken sein. Nickel ist so froh und zufrieden, dass er am liebsten wie hundert glückliche Schweine grunzen würde. Doch der Mann mit dem Hund fällt ihm noch rechtzeitig ein und er lässt es lieber bleiben. Schweinegrunzen am Bahndamm muss auch dem größten Dummkopf auffallen.

Nickel legt sich auf den Rücken und lässt sich von der Sonne den Bauch bescheinen. Er ist müde. Fast wäre er eingeschlafen, da wird er plötzlich von einem lauten Getöse aufgeschreckt. Ein Zug, sonst nichts. Nickel sieht die oberen Kanten der Fenster und die Dächer über sich vorbeirasen.

Klauen ist verboten. Klauen hat was mit Polizei und Gefängnis zu tun. Aber doch nicht bei Kindern, oder? Nickel fühlt sich unbehaglich. Er will nicht nachdenken. »Hör auf mit der Grübelei, Renate«, sagt sein Vater manchmal zur Mutter, »das führt doch zu nichts.«

Aber kaum hat Nickel den Polizei-Gedanken weggeschoben, ist der Gefängnis-Gedanke da. Einmal denkt er auch an das Kind, dem das Fahrrad gehört. Bestimmt kaufen ihm seine Eltern ein neues Rad. Die meisten Eltern kaufen ihren Kindern neue Räder. Die meisten Eltern haben auch mehr Geld, denkt Nickel. Und die meisten Väter fahren nicht das alte Auto kaputt. Die meisten Eltern verstehen, wie wichtig ein Fahrrad ist. Ganz sicher kaufen sie ihrem Kind einfach ein neues.

»Hör auf damit, Nickel«, sagt er laut zu sich. »Diese ganze Grübelei führt doch zu nichts.«

Um ihn herum zwitschern Vögel. Weil Nickel nichts zu tun hat, weil es ihn ablenkt und weil Vogelzwitschern am Bahndamm wirklich nicht auffällt, zwitschert er ganz leise mit den Vögeln mit.

»Zizipee«, klingt es aus dem Strauch über ihm.

Nickel antwortet: »Zizipee, zizipee.«

Einen Moment lang ist es ganz still, dann meldet sich der Vogel wieder.

Nickel grinst. Abwechselnd rufen sie sich »zizipee« zu.

Nickel späht durch die Zweige. Er muss die Augen mit der Hand abdecken, weil ihn die Sonne blendet.

Dann entdeckt er den Vogel. Er ist ziemlich klein, hat weiße Backen, einen schwarzen Kopf, blaugrüne Flügel und einen gelblich grünen Bauch. Er sieht schön aus. Er hält den Kopf schräg und schaut aufmerksam zu Nickel herunter.

»Zizipee«, sagt der Vogel. »Ich heiße Zizipee. Wie heißt du?«

»Zizipee«, sagt Nickel. »Ich heiße Nickel. Ich habe ein Fahrrad.«

»Ein schönes Rad«, sagt der Vogel. »Aber wenn es blau wäre, wäre es noch viel schöner.« Dann fliegt er davon und verschwindet im Wäldchen. Nickel schaut ihm enttäuscht nach. »Zizipee«, flüstert er lockend, doch der Vogel bleibt verschwunden.

Später zieht Nickel sein T-Shirt wieder an und macht sich auf den Heimweg. Erst als er schon fast am *Grosso-Markt* ist, fällt ihm die Einkaufstasche ein. Er wetzt zurück. Sie ist immer noch auf dem Gepäckträger und der Geldbeutel ist auch da. Beinahe hätte Nickel dem Fahrrad einen Kuss gegeben, vor lauter Liebe.

Nickel kauft alles, sogar die Äpfel, und schleppt die schwere Einkaufstasche nach Hause. Natürlich hätte Django einkaufen müssen. Aber Nickel ist nicht mehr sauer auf ihn. Ob er mir auf dieses Rad einen Totenkopf malt?, denkt er. Ich kann ja ein paar Wochen warten und dann sagen, ich hätte es gefunden.

Aber Fahrräder findet man nicht wie eine Glasmurmel oder ein Zehnpfennigstück, das weiß Nickel auch.

Jemand rennt hinter ihm her. »He, Nickel, wieso bist du nicht zur Baustelle gekommen? Ich habe auf dich gewartet.« Es ist Alexander. »Ich war auch schon bei euch und hab dich gesucht. Wo hast du denn gesteckt?«

»Ich?«, fragt Nickel. Er hat Alexander ganz vergessen. Auf einmal wird ihm so heiß, als hätte er Fieber. Er stellt die Tasche ab und wischt sich über das Gesicht. »Einkaufen«, sagt er.

»Ist die Tasche so schwer?«, fragt Alexander. »Wetten, dass ich sie allein tragen kann? Ich bin stärker als du.«

»Das ist nicht wahr«, sagt Nickel und schaut Alexander böse an. Einen Moment lang stehen sie sich schweigend gegenüber.

Dann sagt Alexander: »Wir können sie ja zusammen tragen.« Er nimmt einen Taschenhenkel, Nickel den anderen.

Im Aufzug treffen sie Frau Dobermann. Sie zieht ein grimmiges Gesicht, als sie Nickel sieht.

Alexander sagt höflich: »Guten Tag.«

Als sie oben angekommen sind, nimmt Nickel seinen Schlüssel vom Hals und schließt die Tür auf. Er räumt die eingekauften Sachen ein und geht ins Kinderzimmer, wo Alexander die Pfennigsau und die Geldhäufchen bewundert. »Ich habe ein richtiges Sparbuch«, sagt Alexander. »Da kommt immer das Geld drauf, das die Oma mir schenkt. Aber ich darf nicht dran. Und das Geld von meiner Sparbüchse muss ich auch auf die Bank bringen.«

Nickel stopft der Sau das Geld in den rosa Bauch zurück, schließt sie ab und schiebt sie wieder ganz hinten in die Schublade.

»Ich habe Durst«, sagt Alexander.

Nickel bringt ihm eine Limo.

Alexander wühlt in Nickels Bildern. »So lange kannst du doch gar nicht eingekauft haben«, sagt er.

Nickel nimmt ihm das Foto von dem Radrennfahrer aus der Hand und legt es zurück in die Schublade. »Komm«, sagt er. »Gehen wir rüber. Gleich gibt es Tom und Jerry.«

Alexander lässt sich mitziehen. Was für ein Glück, dass wenigstens der Fernseher nicht kaputtgegangen ist.

10.

Am Sonntagmorgen stehen sie ziemlich früh auf, wenigstens für einen Sonntag. Nach Nickels Meinung viel zu früh, er würde gern länger schlafen. Aber Django lässt ihn nicht, er zerrt ihm die Decke weg. »Los, Nickel, aufstehen! Wir fahren doch nach Ingolstadt oder hast du das vergessen?«

Ach ja, Ingolstadt. Onkel Hartmut und Tante Jutta. Und Sabine. Widerwillig steigt Nickel aus dem Bett.

Der Vater drängelt beim Frühstück. »Bis man euch endlich so weit hat«, sagt er, »ist der ganze Sonntag rum.«

»Ich würde lieber zu Hause bleiben«, sagt Nickel. Er denkt an das rote Fahrrad. Gestern hat er nach dem Mittagessen nur mal ganz kurz vorbeischauen können, dann musste er wieder heim. Seine Mutter hat darauf bestanden, dass er und Django ihr Zimmer aufräumen. Samstags ist Hausputztag. Aber das Rad lag wenigstens noch hinter dem Stinkblütenstrauch.

Die Mutter ist schlecht gelaunt, weil sie ihren Ring mit dem blauen Stein verlegt hat. Gestern hat sie ihn noch gehabt. Während des Frühstücks sagt sie zu Nickel, dass er endlich dieses schwarze T-Shirt ausziehen soll. »Es ist dir viel zu groß und außerdem gehört es Django. Und zieh eine andere Jeans an, diese ist nicht mehr sauber. Die helle Kordjeans, bitte.« Das »bitte«, klingt nicht wie »bitte«, es klingt wie »sofort und auf der Stelle, sonst setzt es was«.

»Ich will aber nicht«, sagt Nickel trotzdem.

»Du brauchst auch nicht zu wollen«, schimpft die Mutter, »du brauchst nur zu machen, was ich sage.«

Maulend zieht er sich um. Ein ruhiger Sonntag mit dem roten Fahrrad wäre viel schöner gewesen.

Als er wieder in die Küche kommt, sagt seine Mutter: »Ich habe eine Tafel Schokolade für euch, für die Fahrt.« Sie macht den Vorratsschrank auf und holt die Schokolade heraus. Plötzlich kreischt sie ganz laut.

Der Vater stürzt in die Küche. »Was ist denn los?«

»Mein Ring«, sagt die Mutter. »Da liegt

mein Ring. Oben im Spind. Ich muss ihn beim Aufräumen dahingelegt haben.«

»Deshalb brauchst du doch nicht so zu schreien«, sagt der Vater. »Seid ihr endlich fertig?«

Dann sitzen sie in dem neuen, roten Auto. Django hat so lange gebettelt, bis die Mutter mit ihm den Platz getauscht hat und er vorn neben dem Vater sitzen darf. Nickel würde auch gern mal vorn sitzen, aber das ist erst ab zwölf erlaubt. Django ist dreizehn. Ich werde bald neun, denkt Nickel, und ich kriege kein Fahrrad. Dafür habe ich aber das rote. Bätsch!

Er bricht die Tafel Schokolade in der Mitte auseinander und hält Django die eine Hälfte hin.

»Willst du dich nicht ein bisschen hinlegen, Nickel?«, fragt die Mutter. Nickel will. Er legt seinen Kopf auf die Beine seiner Mutter, steckt sich ein Stück Schokolade in den Mund und macht die Augen zu.

Sie sind auf der Autobahn. Nickel hört es daran, dass sein Vater und Django über andere Autos reden, über Höchstgeschwindigkeiten, PS, Benzinverbrauch.

Das Auto fährt gleichmäßig schnell. Nickel schläft ein. Er wird erst wach, als sie in Ingolstadt angekommen sind und alle durcheinander reden. Verschlafen krabbelt er aus dem Auto.

Tante Jutta und die Mutter umarmen und küssen sich, Onkel Hartmut und der Vater schütteln sich die Hände.

»Frauen küssen immer«, sagt Nickel zu Tante Jutta. »Ich wäre lieber eine Frau, ich finde Küssen schön.«

Da küsst ihn Tante Jutta besonders lange. Neben ihr steht Sabine. Nickel schenkt ihr sein letztes Stück Schokolade.

Onkel Hartmut sagt, wie groß Nickel und Django geworden sind und wie die Zeit vergeht, man merkt es an den Kindern. Nickels Eltern sagen, wie groß Sabine geworden ist und dass man sich wirklich öfter sehen sollte.

Dann ist es wie immer. Zuerst trinken alle Kaffee und essen Käsekuchen, den Tante Jutta gebacken hat. Das Rezept hat sie von einer Nachbarin und natürlich wird sie es Nickels Mutter geben.

Nickel geht mit Sabine in ihr Zimmer. Er möchte gern mit dem Kaufladen spielen. Der ist sehr schön und sehr alt, mit dem haben schon Sabines und Nickels Mutter gespielt, als sie noch kleine Mädchen waren.

Aber Sabine hat keine Lust, mit dem Kaufladen zu spielen. Sie hat ihn ja auch immer.

»Schau mal, Nickel, meine neue Puppe und der Puppenwagen«, sagt sie. »Komm, wir spielen Familie. Ich bin die Mutter und du der Vater.«

»Von mir aus«, sagt Nickel.

Sabine legt sich auf ihr Bett.

»Erst musst du mich küssen, damit ich ein Kind kriege.«

Nickel gibt ihr einen Kuss.

»So doch nicht«, sagt Sabine und zieht ihn über sich. »Du musst dich auf mich legen.«

Weil Nickel sich so ungeschickt anstellt, tauschen sie die Rollen. Nun ist Nickel die Mutter und Sabine legt sich auf ihn. Das fühlt sich schön an. Nickel liegt ganz still und denkt an Vanessa. Er hat ein paar Mal gesehen, dass sie und Kathrin mit Puppen gespielt haben, im Garten, und Vanessas kleiner Bruder hat »Mama« zu Kathrin gesagt.

»So«, sagt Sabine und stopft ihm ihre Puppe unter das T-Shirt. »Jetzt bist du schwanger.«

Darüber müssen sie so lachen, dass Nickel Schluckauf bekommt.

Sabine macht die Tür auf und schiebt ihn hinaus. »Jetzt solltest du ins Krankenhaus gehen und dann kommst du mit deinem Baby wieder. Ich warte auf dich.«

Nickel zieht die Puppe unter dem T-Shirt heraus und geht zurück ins Kinderzimmer. »Da«, sagt er und hält Sabine die Puppe hin. »Da, das Baby.«

»Du stellst dich vielleicht blöd an«, sagt Sabine. »Na ja, du bist ja auch nur ein Junge.«

Und dann zeigt Sabine-Vater Nickel-Mutter, wie ein Baby gewickelt, angezogen und in den Wagen gelegt wird. »Wir kriegen vielleicht noch ein Kind, hat meine Mama gesagt. Sie weiß es noch nicht genau.«

Nickel betrachtet die Puppe und stellt sich ein richtiges Baby vor. Er kann sich noch daran erinnern, wie Frau Reichert ihm letztes Jahr ihre kleine Tochter gezeigt hat. Wie winzig die war. »Wir kriegen keine Kinder mehr«, sagt er. »Meiner Mutter reicht's, mehr schafft sie nicht.«

»Ihr seid ja auch schon zwei«, sagt Sabine. »Aber ich bin die ganze Zeit allein.«

Später gehen sie mit dem Puppenwagen im Garten spazieren. Jetzt ist Sabine wieder die Mutter und Nickel der Vater. »Du heißt jetzt Vanessa, ja?«, sagt er. Sabine ist einverstanden.

Nickel und Vanessa sitzen unter einem blühenden Baum. Der Kinderwagen steht im Schatten. Vanessa lehnt sich an Nickel. Er streichelt ihr über den Kopf und miaut ganz

zärtlich. Dann muht er ganz zärtlich, dann bellt er ganz zärtlich. Vanessa muss so lachen, dass sie fast in die Hose pinkelt, sagt sie.

Nickel holt tief Luft und trompetet wie ein Elefant.

»Sei doch nicht so laut, du weckst unser Kind auf«, ruft Vanessa, nimmt den Puppenwagen und fährt wieder zum Haus. Sie will das Kind baden.

Nickel geht zu Tante Jutta und drückt sich schnell an sie. Dabei schaut er heimlich auf ihren Bauch. Aber der ist wie immer. Nickel schaut schnell wieder weg, damit sie nichts merkt. Tante Jutta legt den Arm um ihn. »Was ist denn mit dir los, Nickel?«, fragt sie erstaunt.

»Ach, nichts«, sagt Nickel und rennt schnell weg, hinter Sabine her.

Er hört noch, wie seine Mutter sagt: »Manchmal benimmt er sich sehr seltsam. Er ist nicht wie Django.«

»Mir gefällt er«, sagt Tante Jutta. »So einen hätte ich auch gern.«

Nickel macht einen Luftsprung und trällert ein »zizipee«.

Später gibt es Mittagessen, dann Kaffeetrinken, dann Abendessen, und der Sonntag ist vorbei, kaum dass er richtig angefangen hat.

Onkel Hartmut, Tante Jutta und Sabine winken ihnen nach. Auf der Heimfahrt ist Nickel müde und froh. Er hat den ganzen Tag nicht an das Fahrrad gedacht, weder an das blaue, das er nicht bekommen wird, noch an das rote, das hinter dem Stinkblütenbusch liegt. Komisch, denkt er verwundert, ein ganzer Sonntag ohne Fahrrad-Gedanken.

»Ich kann Verwandtenbesuche nicht leiden«, sagt Django, der jetzt auch hinten sitzt. »Ich hätte lieber was mit Mattes und Olaf gemacht.«

»Hartmut hat ganz schön gestaunt über mein neues Auto«, sagt der Vater. Er biegt auf die Autobahn ein. »Also los, bald sind wir wieder daheim. Um Viertel nach zehn fängt ein Krimi an, den will ich sehen.«

11.

Am Montagmorgen, beim Aufstehen, sind die Fahrrad-Gedanken wieder da. So leicht und gern ist Nickel noch nie aufgestanden. Er duscht und dreht sogar am Schluss den Heißwasserhahn zu. Das Wasser wird so eiskalt, dass Nickel unwillkürlich einen Schrei ausstößt. Er beschließt, dass es ihm reicht, wenn er von den Füßen bis zu den Knien abgehärtet wird.

Auch in der Schule ist alles anders. Wenn Nickel nicht mehr aufpassen kann, denkt er einfach an das Fahrrad. Er wackelt nicht mit den Zehen, er rutscht nicht auf dem Stuhl herum, er steht nicht auf. Deshalb ärgert sich Frau Friedrichs auch kein bisschen über ihn. Sie sagt nur einmal: »Nickel, träum nicht! Was ist denn heute los mit dir?«

Nickel hat sich das Fahrrad vorgestellt, wie es rot und glänzend im Gras liegt. Und im Strauch darüber singen Vögel.

»Zizipee, zizipee«, macht Nickel leise.

»Eine Kohlmeise«, ruft Frau Friedrichs erstaunt. »Nickel, woher kannst du das so gut?«

Nickel hebt den Kopf.

»Mach's noch mal«, fordert ihn Frau Friedrichs auf. Und sie holt, obwohl sie gerade keine Sachkunde haben, ein Buch und zeigt den Kindern, wie Kohlmeisen aussehen. Fast alle haben schon welche gesehen.

»Kannst du noch andere Vögel nachmachen?«, fragt Frau Friedrichs.

»Vielleicht morgen«, sagt Nickel. Er bückt sich und bindet die Schleife an seinem rechten Turnschuh, damit niemand sieht, wie er rot wird. »Nickel Vogelpfeifer«, sagt Vanessa.

In der großen Pause schlendert er unauffällig über den Schulhof zum Tor. Er überlegt, ob er schnell zum Bahndamm rennen soll und nachschauen, ob das Rad noch gut versteckt hinter dem Strauch liegt und auf ihn wartet. Aber am Tor stehen Herr Fischer und Frau Böhm. Pech gehabt. Na ja, zum Bahndamm ist es sowieso ziemlich weit, wer weiß, ob er pünktlich zur nächsten Stunde wieder da gewesen wäre.

Nickel beißt in sein Pausenbrot und geht zur Mäuerchen-Ecke. Dort hocken die aus seiner Klasse und erzählen sich, was sie am Wochenende im Fernsehen gesehen haben. Nickel setzt sich dazu. Anscheinend hat er am Sonntagmittag einen tollen Wildwestfilm verpasst.

Nach der letzten Stunde beeilt er sich sehr, es zieht ihn zum Bahndamm. Nur gucken, und dann schnell nach Hause, bevor Django kommt.

»He, Nickel, wart auf mich! Wo willst du denn hin?«, schreit jemand hinter ihm her.

Nickel bleibt stehen. Alexander, wer sonst!

»Wo willst du hin?«, wiederholt Alexander.

»Heim.«

»Aber wieso denn in diese Richtung?«, fragt Alexander erstaunt. »Musst du noch was einkaufen?«

Nickel zuckt mit den Schultern. »Ich glaube, ich habe gepennt«, sagt er, dreht sich um und geht mit Alexander weiter.

»Soll ich heute zu dir kommen?«, fragt Alexander. »Ich bring ein paar von meinen Autos mit und wir bauen uns eine Rennbahn, ja?«

Nickel schüttelt den Kopf.

»Wieso denn nicht?«

Nickel würde Alexander am liebsten stehen lassen und wegrennen, einfach so. Weil er ihm auf den Geist geht. »Ich habe keine Lust auf Autos«, sagt er bockig. »Du immer mit deinen doofen Autos.«

»Und du immer mit deinen doofen Bildern«, sagt Alexander böse. »Radrennfahrer und Kühe mit Kälbern und Wüste. Und dann nur hinsetzen und nichts tun.«

»Immer noch besser, als mit Autos auf dem Boden rumzukriechen wie der letzte Depp«, sagt Nickel. Er tut, als hätte er ein Auto in der Hand, fährt damit einen Bogen durch die Luft und prustet mit vorgeschobenen Lippen Motorgeräusche. Dann tippt er sich an die Stirn.

Alexander wird rot vor Wut, er schnauft: »Wahrscheinlich willst du wieder mal den ganzen Nachmittag unterm Tisch rumliegen, du Säftel! Hock dich doch zu deinen Kühen und glotz wie ein Ochse!« Alexander rennt hinter Michi her. »He, Michi! Wart auf mich!« Michi wartet und die beiden gehen zusammen weiter.

Nickel schaut ihnen nach. Jetzt könnte er zum Bahndamm rennen, die Zeit würde noch reichen. Aber jetzt hat er auf einmal keine Lust mehr. Außerdem kommt Django manchmal früher und dann würde er nur doofe Fragen stellen.

Nach dem Mittagessen zieht Nickel los. Er macht einen Umweg über den Kleistweg, damit er nicht an Alexanders Haus vorbeimuss.

Das Fahrrad liegt noch da. Rot und wunderschön. Nickel kratzt mit dem Daumennagel ein paar Dreckbatzen zwischen den Speichen weg und wischt Staub von der Lenkstange. Er bugsiert es vorsichtig den Hang hinunter und steigt auf. Das Fahren geht immer besser. Er wackelt nur ganz selten, nur wenn er einem Grasbüschel oder einer Furche im Weg nicht rechtzeitig ausweichen kann. Einmal fährt er sogar bis hin zu den abgelegenen Häusern, kehrt aber schnell wieder um, als ein Hund an einem Zaun hochspringt und wild kläfft.

Als er müde wird, schleppt er das Rad wieder hinauf hinter den Busch und legt sich ins Gras. Drüben im Mini-Wäldchen zirpt ein Vogel, dann hört man ein lautes Pfeifen. Dui-dui-dui. Nickel spitzt die Lippen. »Dui-dui-twet-twet-twet«, ruft der Vogel. Ein anderer antwortet: »Zigürr, zigürr!« Auf einmal hört Nickel überall und von allen Seiten Vogelstimmen. Als oben auf dem Bahndamm ein Zug vorbeidonnert, bleibt es einen Moment still, dann geht es wieder los.

Nickel pfeift und trällert und zirpt, aber er kann sich nicht richtig konzentrieren. Immer wieder denkt er an Alexander und Michi. Soll er doch, der Depp! Etwas kitzelt ihn am Knie.

Nickel setzt sich auf. Ameisen. Er wischt sie vorsichtig vom Bein. Da sieht er hinten um die Wegbiegung den alten Mann mit dem Hund kommen und legt sich schnell wieder hin. Er horcht auf die schweren, schlurfenden Schritte und das gleichmäßige Klacken des Spazierstocks. Dazwischen die einzelnen hellen Beller des kleinen Hundes. Sie sind jetzt so nahe, dass Nickel auch das Trippeln der Hundepfoten hören kann. Als sie unter ihm vorbeigehen, jault der Hund in Nickels Richtung. Aber der Alte merkt nichts. »Los, komm weiter«, sagt er zu dem Hund.

Nickel hebt vorsichtig den Kopf und schaut ihm nach. Warum geht dieser alte Knacker auch immer hier spazieren? Es gibt doch genug andere Wege. Er legt sich zurück. Wieder braust ein Zug vorbei. Wenn Nickel auf dem Boden liegt, sieht er nur die Waggondächer flitzen. So schnell, dass ihm schwindlig wird beim Hinschauen. Dann ist es wieder ruhig.

Erst als der Zizipee-Vogel, der eigentlich Kohlmeise heißt, anfängt zu rufen, merkt Nickel, dass er auf ihn gewartet hat. Vorsichtig kriecht er tiefer unter den Strauch. Er bewegt sich sehr langsam, um den Vogel nicht zu erschrecken. Der sitzt wieder auf demselben Ast wie letzten Freitag. »Zizipee!«, ruft er und schaut Nickel dabei mit schräg gelegtem Kopf an.

»Zizipee«, flüstert Nickel erleichtert. »Schön, dass du da bist. Weißt du, manchmal ist alles ganz anders. Manchmal weiß man selber nicht, was man will.«

Der Vogel hört ihm aufmerksam zu.

12.

»Nickel«, sagt die Mutter, als er morgens in die Küche kommt, »bring dem Papa schnell eine Tasse Tee, er ist krank. Er hat heute Nacht kaum geschlafen, weil er dauernd brechen musste.«

Django stellt seine Tasse auf den Tisch und sagt: »Vielleicht liegt's auch nur am Schnaps. Er war doch gestern noch beim Ballerer.«

»Nein«, sagt die Mutter laut. »Er ist krank, habe ich gesagt.«

Django zuckt mit den Schultern.

Nickel bringt dem Vater die Tasse Tee hinüber ins Schlafzimmer. Er sieht wirklich blass und krank aus und stöhnt, wie elend er sich fühlt. Nickel hält ihm die Tasse hin.

Der Vater nimmt die Tasse, riecht daran, verzieht das Gesicht zu einer Grimasse und sieht auf einmal wieder fast normal aus. »Puh!«, sagt er. »Nur vom Riechen könnte man krank werden, wenn man es nicht schon wäre.«

Aber er trinkt folgsam die Tasse aus. Nickel steht neben dem Bett und wartet, bis der Vater ihm die leere Tasse zurückgibt. »Geh, sag der Mama, ich will ein Schinkenbrot.«

Nickel geht wieder in die Küche. »Schinkenbrot?«, wiederholt die Mutter ungläubig. »Ich glaube, der spinnt. Spuckt die halbe Nacht und will dann Schinkenbrot. Nickel, beeil dich, es ist spät. Ich muss auch gleich los.«

»Also doch der Schnaps«, sagt Django im Weggehen. Die Mutter wirft ihm einen bösen Blick nach.

»Warum trinkt er immer Schnaps, wenn ihm dann schlecht davon wird?«, fragt Nickel im Aufzug.

Django gibt ihm keine Antwort.

In der ersten Stunde haben sie Sachkunde. Frau Friedrichs hängt eine große Karte an den Haken. Auf der Karte sind viele Vögel aufgemalt. »Nickel«, sagt sie, »kannst du mir die Kohlmeise zeigen?«

Nickel steht auf und zeigt auf einen Vogel.

»Richtig, Nickel. Machst du uns bitte noch mal vor, wie sich eine Kohlmeise anhört?«

»Zizipee, zizipee.«

Frau Friedrichs nickt.

»Ich kann noch was«, sagt Nickel. Zum ersten Mal hat er keine Angst davor, an der Tafel zu stehen. Er pfeift: »Diu-diu-diu-diu.«

»Ein Kleiber«, sagt Frau Friedrichs und deutet auf einen Vogel. »So sieht ein Kleiber aus.«

Nickel geht näher an die Tafel. Er will wissen, welcher Vogel das ist, denn er hat ihn ja nur gehört.

Das »Zigürr, zigürr« stammt von einer Haubenmeise.

Nickel setzt sich wieder hin. Frau Friedrichs versucht, ein Spatzen-Tschilpen nachzumachen, aber es gelingt ihr nicht. Alle lachen, weil sie ihre Lippen so komisch vorstülpt. Nickel schaut zu Vanessa hinüber. Sie schaut ihn auch an und lacht. Nickel wird es ganz warm. Auf einmal kann er aufpassen und wird nicht unruhig. Er interessiert sich wirklich dafür, wie Vögel ihre Nester bauen, wie sie Eier ausbrüten, wie junge Vögel ausschlüpfen.

Aber in der nächsten Stunde haben sie Rechnen und da sind die Fahrrad-Gedanken wieder da. Dauernd schieben sie sich zwischen Nickel und die Rechenaufgaben, später auch zwischen ihn und das Lesebuch.

»Schön kannst du das, das mit den Vögeln«,

sagt Vanessa nach der Schule im Vorbeigehen zu ihm.

Als Nickel heimkommt, liegt der Vater nicht mehr im Bett. Er fühlt sich auch nicht mehr elend. Er hat Brathähnchen gekauft und Kartoffelsalat dazu gemacht.

»Oh, fein, Gummi-Adler«, sagt Django zufrieden.

Nickel kichert.

»Was haltet ihr davon, wenn wir heute Nachmittag in den Zoo fahren?«, fragt der Vater. »Wir könnten doch irgendwas machen, wenn ich schon nicht arbeite.«

»Zoo!«, sagt Django verächtlich. »Für was hältst du mich denn! Aber wir könnten ins Kino gehen.«

Der Vater wirft einen Blick auf Nickel und sagt, der sei für die meisten Filme doch noch zu jung.

»Och, ihr könnt ruhig alleine gehen«, sagt Nickel. »Das macht mir nichts aus.« Es macht ihm auch nichts aus, er will Rad fahren und Vogelstimmen lernen.

Der Vater kramt erleichtert in seiner Hosentasche und hält Nickel ein Fünfmarkstück hin.

»Du brauchst auch nicht abzutrocknen«, sagt Django großzügig. »Papa und ich machen den Abwasch allein.«

Nickel packt sein Schulzeug auf den Esstisch und fängt mit den Hausaufgaben an. Sie sollen eine Sommerwiese malen, hat Frau Friedrichs gesagt. Sonst haben sie nichts auf, weil das Wetter so schön ist. Django zeigt Nickel bereitwillig, wie eine Kuh gemalt wird, und der Vater zeichnet für ihn Gänseblümchen, Glockenblumen und Margeriten.

Das ist ja großartig, denkt Nickel, das muss ich mir merken. Das ist ja noch viel besser als Kinogehen.

Er stößt ein zufriedenes »Zizipee« aus.

Django antwortet mit einem hohen, lustigen Zwitschern und der Vater krächzt als Rabe dazwischen.

»Pass auf, dass ich dich nicht fresse«, sagt Nickel und miaut wie ein großer, fetter Kater. Die Vögel bringen sich in Sicherheit.

Django verjagt den Kater mit lautem, wütendem Gebell.

Der Vater brüllt, aber Django bellt weiter, weil er nicht versteht, dass der Vater ein Löwe ist, bis er ihn ins Genick beißt. Nickel kriegt fast keine Luft mehr vor Lachen. »Ja, ja«, sagt der Vater. »Fremdsprachen muss man können.«

Dann macht Django sich für das Kino schön. Er sprüht sich mitten auf den Kopf einen blauen Streifen und rahmt ihn grün ein. Der Vater verzieht das Gesicht, sagt aber nichts. Django hängt sich die schwarze Glanzjacke über die Schultern. »Es macht dir wirklich nichts, Nickel?«, fragt der Vater noch mal. Nickel schüttelt den Kopf. Die beiden gehen.

Nickel winkt ihnen vom Balkon aus nach. Er wartet, bis das Auto um die Hausecke gefahren ist. Dann rennt er los.

Unterwegs kauft er für die fünf Mark eine Tafel Schokolade, eine Dose Cola und Kolbenhirse. *Das Beste ist für Ihren Vogel gut genug* steht auf der Packung. Das findet Nickel auch.

Er zwängt sich zwischen die Zweige des Stinkblütenstrauchs. Aber er kommt nicht ganz bis zu der Stelle, wo der Zizipee-Vogel gesessen hat. Also hängt er die Kolben einfach an einen niedrigeren Zweig. Der Vogel wird sie schon finden, hofft er.

Die Schokolade legt er in den Schatten, damit sie nicht schmilzt. Die Cola-Dose stellt er daneben.

Mit dem Rad rutscht er die Böschung hinunter und steigt auf. Er fährt bis zur Kurve. Dort muss er absteigen und das Rad umdrehen, weil der Weg zu schmal ist. Dann fährt er bis zu der Stelle, von wo aus er die Kleingartenanlage sehen kann. Er sieht Leute herumlaufen, kann aber nicht erkennen, was sie machen.

Hier ist kein Mensch. Nach einer Weile macht Nickel eine Pause. Er legt sich ins Gras, isst weiche Schokolade und trinkt von der lauwarm gewordenen Cola. Schade, dass keiner davon wissen darf, denkt er. Es wäre viel schöner, wenn Alexander dabei wäre. Dann fällt ihm ein, dass Alexander seit gestern nicht mehr mit ihm redet. Soll er doch, dieser Depp. Mit Vanessa wäre es bestimmt noch schöner. Der Zizipee-Vogel kommt auch nicht. Vielleicht baut er sich ein Nest, vielleicht besucht er seinen Bruder am anderen Ende des Wäldchens.

Was treiben Vögel eigentlich den ganzen Tag? Wird es denen nie langweilig?

Am Waldrand tschilpen Spatzen. Nickel tschilpt mit.

Der Nachmittag vergeht ziemlich langsam. Nickel fährt noch ein bisschen Rad, dann geht er tiefer in das Mini-Wäldchen hinein. Es ist wirklich nur mini, Django hat Recht gehabt. Nach ein paar Minuten ist er durch und kommt auf der anderen Seite an der Schnellstraße raus. Er hat nichts Interessantes gesehen, nur ein paar Vögel gehört. Einer hat besonders schön gesungen. Aber als Nickel versucht hat, ihn nachzumachen, hat er keinen Ton mehr von sich gegeben. Schade.

Nickel kommt ziemlich spät nach Hause. Die Mutter ist schon da, sie hat sich Sorgen gemacht. »Wo hast du denn gesteckt?«, fragt sie. »Und wo sind Papa und Django?«

»Papa und Django sind im Kino«, sagt Nickel. Er hilft ihr beim Kochen. Es gibt Gemüsesuppe.

»Mama«, fragt Nickel und schneidet eine Zwiebel in dünne Scheiben. »Mama, kommen Kinder auch schon ins Gefängnis, wenn sie was angestellt haben?«

Die Mutter dreht sich erschrocken zu ihm

um. »Aber nein, natürlich nicht. Wieso fragst du das? Hast du was angestellt?«

Nickel weiß nicht, warum er das gefragt hat, er hat vorher nicht darüber nachgedacht, die Frage ist auf einmal da gewesen. Die Tränen laufen ihm über das Gesicht, aber das liegt am Zwiebelschneiden. »Nur so«, sagt Nickel.

Die Mutter hat das Messer aus der Hand gelegt und schaut ihn aufmerksam an. »Was ist los, Nickel?«

Nickel weicht ihrem Blick aus und überlegt fieberhaft. »Alexander hat von einem Jungen erzählt, der eingesperrt worden ist, weil er gestohlen hat. Und dabei war er erst acht.«

»Das hat Alexander erzählt?«, fragt die Mutter und macht ein ungläubiges Gesicht. »Nickel, raus mit der Sprache, was ist los?«

Nickel fängt an zu weinen. »Ich hab Bauchweh«, sagt er. »Und nie lässt du mich in Ruhe. Warum darf ich nicht mal Bauchweh haben?« Er schluchzt immer wilder.

»Soll ich den Doktor rufen?«, fragt die Mutter.

»Nein«, schreit Nickel. »Nein, nein, nein.«

Nickel weint nicht nur wegen der Zwiebeln.

Er lässt das Messer fallen und rennt ins Kinderzimmer. Die Mutter kommt ihm nach. Sie hilft Nickel beim Ausziehen und deckt ihn zu. Sie setzt sich zu ihm und streichelt ihm den Rücken. »Da hat dir der Alexander aber Blödsinn erzählt«, sagt sie. »Kinder kommen nie ins Gefängnis. Sag mal, Nickel, was hältst du davon, wenn wir auf dem Flohmarkt ein altes Rad kaufen und ich dir beim Anmalen helfe?«

Nickel liegt auf dem Bauch und weint und schüttelt den Kopf. »Ich hab Bauchweh«, sagt er. »Und ich will kein Rad, gar keins.«

Er vergräbt seinen Kopf im Kissen.

»Soll ich dir einen Tee kochen?«, fragt die Mutter.

Nickel sagt »ja« ins Kopfkissen. Alles ist ihm recht, wenn sie nur aus dem Zimmer geht. Da hört er, wie die Wohnungstür aufgeschlossen wird. Der Vater und Django kommen lachend herein. Die Mutter steht vom Bett auf. Sie streichelt Nickel noch einmal über den Kopf, dann geht sie.

13.

Nickel geht über den Parkplatz vom *Grosso-Markt*. Er hat die Einkaufstasche in der Hand. Eine Frau und ein kleines Mädchen kommen ihm entgegen. »Schau mal, Mama, der Junge da läuft einfach in seinem Schlafanzug rum«, sagt das kleine Mädchen kichernd und deutet auf Nickel. Da merkt er erst, dass er vergessen hat, seine Kleider anzuziehen. Auf einmal ist der Parkplatz voller Leute. Sie stehen zwischen den Autos, einige sitzen sogar auf den Autodächern. Alle starren Nickel an. Auch Alexander und Michi. Michi lacht ganz laut. Nickel drängt sich zwischen den Leuten hindurch und rennt zum Fahrradständer. Nur das rote Rad steht darin, sonst ist er ganz leer. Nickel reißt das Rad aus dem Ständer und springt auf. »Nickel, lass den Unfug«, ruft ihm Frau Friedrichs nach. Nickel schaut sich nicht mehr um. Er beugt sich tief über den Lenker und tritt in die Pedale. So schnell ist er noch nie gefahren. Die Straße ist ihm fremd, er weiß nicht mehr, wo er sich befindet. Der Schweiß rinnt ihm über das Gesicht. Inzwischen fährt er so schnell, dass er sogar alle Autos überholt. Er will bremsen, aber das geht nicht. Das Fahrrad fährt von selbst weiter. »Halt«, schreit Nickel. Aber das Rad fährt und fährt. Ich muss abspringen, denkt Nickel. Doch das Rad hat eine solche Geschwindigkeit, dass er sich nicht traut. Seine Schlafanzugjacke ist auch schon ganz nass geschwitzt und klebt an seinem Körper. Das Rad fährt eine Böschung hoch und rattert jetzt über Eisenbahnschienen. Die Lichter eines Zuges tauchen vor ihm auf, werden größer und größer, kommen immer näher. »Nein«, schreit Nickel. »Nein, nein.«

Er lässt sich vom Rad fallen, rollt die Böschung hinunter und wacht in seinem Bett auf. Er ist nass geschwitzt. Seine Augen fühlen sich an, als hätte er geweint. Er setzt sich auf und zieht seinen Schlafanzug aus. So ist es besser. Kühler. Was für ein Glück, dass er nur geträumt hat. Er steht auf, geht ins Badezimmer und pinkelt. Dann lässt er den Zahnputzbecher voll Wasser laufen und trinkt. Drei Becher Wasser. Er hat einen solchen Durst, als wäre er tatsächlich die halbe Nacht Rad gefahren. Er schleicht sich zurück ins Bett und versucht, nicht mehr an das verdammte Fahrrad zu denken.

Am nächsten Morgen schauen die Mutter und Django Nickel immer wieder an. Er wird ganz kribbelig davon. Er will in Ruhe frühstücken, sonst nichts. Er weicht ihren Blicken aus. Natürlich hat sie Django erzählt, dass er gestern Abend geweint hat. Immer erzählt sie Django alles. Aber wenn Django einmal weinen würde, dann würde sie Nickel bestimmt kein Wort davon sagen. Nur weint Django nicht.

Nickel schmiert sich dick Nutella aufs Brot. Er hat Hunger, weil er gestern Abend nichts gegessen hat. Das Messer rutscht ihm aus der Hand und fällt auf den Boden. Nur weil sie ihn so anschauen. Er tut, als würde er ihre Blicke nicht merken, bückt sich, hebt das Messer auf.

»Geht's dir heute wieder besser, Nickel?«, fragt die Mutter. Er beißt ins Brot und nickt kauend.

»Mensch, Nickel, erzähl uns doch, was los ist«, sagt Django. »Vielleicht können wir dir helfen.«

Nickel schaut Django an, Django schaut zurück. Nickel merkt, wie ihm das Weinen wieder in die Kehle steigt. Er will nicht. Django soll ihn nicht so anschauen. So, als wollte er ihm tatsächlich helfen. Django sollte lieber sauer auf ihn sein, wütend. Er sollte schimpfen und meckern. Nur nicht so gucken. Und dann, als das Weinen schon sehr weit oben ist und fast schon herauskommt, hat Nickel eine Idee. »Es ist wegen Alexander«, sagt er. »Er ist nicht mehr mein Freund. Jetzt bin ich ganz allein.«

Die Mutter atmet hörbar aus und zieht Nickel vom Stuhl zu sich auf den Schoß. Nickel lässt sich ziehen. An sie gelehnt, kaut er und wischt sich ein paar Tränen von den Backen. Er schielt zu Django hinüber. Django sieht den Blick und bekommt enge, misstrauische Augen.

»Warum habt ihr denn gestritten?«, fragt die Mutter.

Nickel zieht die Schultern hoch. »Weiß nicht, so halt. Er hat gesagt, ich wäre ein Säftel.« Er rutscht von ihrem Schoß und trinkt stehend seine Milch aus. »Ich muss jetzt gehen«, sagt er.

Django steht auch auf.

Im Aufzug schaut Django Nickel immer noch ziemlich seltsam an. Dann sagt er: »Ich habe mit Olaf auch schon oft Krach gehabt, aber es ist immer wieder vorbeigegangen.«

Der Aufzug hält im zweiten Stock. Frau Dobermann kommt herein. Sie hat ein dunkelblaues Kleid an und eine Handtasche über dem Arm hängen.

»Guten Morgen, Frau Kobermann«, sagt Django betont höflich. »Wie geht es Ihrer Maunze?«

»Fünf Junge«, sagt Frau Dobermann. »Könnt ihr kein kleines Kätzchen brauchen?«

Nickel greift nach Djangos Hand. Aber Django schüttelt den Kopf. »Nein. Ich glaube, unsere Mutter will keine Katze in der Wohnung.«

Nickel lässt Djangos Hand wieder los.

Vor der Schule bleibt er stehen. Wie ein Gefängnis sieht das Haus aus. Nur die Gitterstäbe fehlen, aber die kann man sich leicht vorstellen. Nickel zögert, doch dann geht er in die Schule hinein.

Er macht die Tür auf und schaut automatisch zu Vanessas Platz. Sie ist noch nicht da.

Nickel setzt sich neben Alexander, der seinen Kopf wegdreht. Er redet über den Gang hinweg mit Carola. Nickel fühlt sich sehr einsam. Vor lauter Einsamkeit spürt er wieder das Weinen, das ganz oben in seinem Hals sitzt.

Frau Friedrichs kommt und Vanessa ist immer noch nicht da. Vielleicht hat sie verschlafen, denkt Nickel. Vielleicht ist sie krank. Manchmal werden auch Kinder so krank, dass sie sterben. Das wäre am einfachsten, denkt er, wenn ich jetzt krank würde. Richtig krank.

Frau Friedrichs fragt nach Vanessa. »Die kommt heute später«, sagt Kathrin. »Sie muss mit ihrer Mutter zum Arzt.«

Nickel denkt darüber nach, welche Krankheit er bekommen könnte. Es müsste etwas wirklich Schlimmes sein. Vielleicht Lungenentzündung? Aber Lungenentzündung bekommt man nur, wenn man sich erkältet.

Das ist schwierig, wenn jeden Tag die Sonne scheint.

Er sieht sich im Bett liegen. Seine Mutter sitzt entweder bei ihm oder sie kocht Tee. Wenn man Fieber hat, muss man viel trinken. Django fragt, ob er mit ihm spielen soll. Und

sein Vater geht abends überhaupt nicht mehr zum Ballerer. Und weil Nickel so krank ist, braucht er sich überhaupt nicht mehr um das Fahrrad zu kümmern. Es bleibt einfach hinter dem Stinkblütenbusch liegen. Nur der Zizipee-Vogel wundert sich vielleicht, warum dieser Junge nicht mehr kommt.

Ob er die Kolbenhirse schon ganz aufgefuttert hat?

»Nickel«, sagt Frau Friedrichs. »Komm zur Tafel.«

Nickel erschrickt. Er steht auf. Sie hält die Kreide hin. Einen Augenblick lang fühlt Nickel sich so schwach, als wäre er wirklich krank. Dann nimmt er die Kreide.

Frau Friedrichs schaut ihn an, und Nickel hat das Gefühl, als wären sie ganz allein in der Klasse.

»Kein Schwein, Nickel«, sagt sie.

Er schüttelt den Kopf.

»Auch keine Kuh und kein Hund und keine Katze.«

»Nein«, sagt Nickel.

»Und Vögel erst in der nächsten Sachkunde.«

»Ja«, sagt Nickel. »Was soll ich rechnen?«

14.

Nach dem Mittagessen ist Django gleich weggegangen. Nickel spült das Geschirr und stellt es zum Abtropfen in das Gestell. Dann macht er seine Hausaufgaben. Es gibt eigentlich keinen Grund, weshalb er nicht nachher zum Bahndamm gehen sollte. Er macht seine Aufgaben langsam und gründlich. Dann räumt er das Kinderzimmer auf. Bestimmt freut sich seine Mutter, wenn er freiwillig das Wohnzimmer saugt. Er holt den Staubsauger aus dem Spind und saugt die Sessel und den Teppich. Dann geht er in die Küche und räumt das Geschirr weg. Eine Tasse rutscht ihm aus der Hand und fällt auf den Boden. Er sucht die Scherben zusammen und bringt sie zum Müllschlucker. Er sollte zum Bahndamm gehen. Was nützt ihm das schönste Rad, wenn es hinter dem Stinkblütenbusch liegt? Nickel kehrt die Küche.

Auf dem Balkon steht ein Ständer mit Wäsche. Handgewaschen. Die Waschmaschine kann erst gekauft werden, wenn ihr Gehalt auf dem Konto ist, hat die Mutter gesagt. So lange muss sie sich behelfen. Nickel befühlt die Wäsche. Sie ist trocken. Er nimmt die Socken vom Ständer und rollt sie zusammen. Dann faltet er die Unterhosen einmal in der Mitte und räumt sie gleich an ihren Platz. Jetzt hängen nur noch T-Shirts da. Er breitet sie der Reihe nach auf dem Tisch aus, streicht sie mit der Hand glatt und kippt die Seitenteile zur Mitte hin, wie seine Mutter das immer macht. Es klappt nicht richtig. Das versteht er nicht, bei ihr sieht das immer so leicht aus. Auch die T-Shirts räumt er gleich weg.

Dann, plötzlich, hört er Donnerschläge. Sehr leise und sehr weit weg. Er atmet erleichtert auf. Jetzt kann er gar nicht mehr zum Bahndamm gehen. Er betrachtet vom Balkon aus den Himmel. Über der Stadt haben sich dicke Wolken zusammengezogen. Die ersten Blitze flitzen über den Himmel. Django ist mit dem Rad unterwegs, bestimmt wird er nass werden.

Nickel geht ins aufgeräumte Kinderzimmer und holt seine Sammlung heraus. Er kriecht unter den Tisch und pappt den Radrennfahrer an die Wand, daneben die Wüste. Die Wiese mit den Kühen kommt an die Heizung. Dann zieht er die Tischdecke noch etwas tiefer und streckt sich auf dem Boden aus. Das Gewitter kommt näher. Wenn ich groß bin, kaufe ich mir ein richtiges Rennrad, denkt er. Und dann werde ich ein ganz berühmter Rennfahrer. Er hebt die Beine in die Luft und strampelt. Schnell, immer schneller. Der Schweiß läuft ihm über Gesicht und Arme. Verdammt heiß ist das und er ist so müde. Vor ihm fährt einer, den muss er noch überholen. Die Leute am Straßenrand jubeln ihm zu. »Nickel! Nickel!« Er entdeckt Vanessa. Sie steht eingekeilt zwischen den anderen und hat ihren kleinen Bruder an der Hand. »Nickel!«, ruft sie leise.

Aber er hat es gehört.

Er tritt noch fester in die Pedale, strampelt noch heftiger. Zieht mit einem Affenzahn an dem anderen vorbei und fährt als Erster durchs Ziel. Vanessa hängt ihm die Goldmedaille um und alle Leute klatschen. »Kein Schwein mehr, Nickel«, sagt Frau Friedrichs. »Und keine geklauten Räder.«

Nickel nickt.

Da geht die Tür auf. »Nickel?«, fragt Django. Er hebt die Tischdecke an und bückt sich.

Dann, zum ersten Mal, kriecht er zu Nickel unter den Tisch. »Ich hab's gerade noch geschafft vor dem Regen«, sagt er. »Was machst du hier?«

Nickel bekommt eine Weile kein Wort heraus. Dabei weiß er schon die ganze Zeit, dass er es Django sagen wird. Wem sonst? »Also, ich …«, sagt er. Und ist wieder still.

»Was ist?«, fragt Django.

»Ich habe ein Fahrrad gestohlen«, sagt Nickel.

»Was hast du?«

Nickel erzählt Django die ganze Geschichte. Django starrt ihn an. Unter dem Tisch ist es so düster, dass Nickel nicht genau sehen kann, was für ein Gesicht Django macht. Er hat Angst. Djangos Stimme klingt auch ziemlich aufgeregt, als er fragt: »Und das ist alles echt wahr?«

Nickel fängt an zu weinen. Da legt ihm Django den Arm um die Schulter. Nickel drückt sich an ihn. »Was soll ich jetzt machen, Django?«

»Komm«, sagt Django. Er kriecht hinaus und zieht Nickel am Arm. Jetzt kann Nickel sehen, dass Django nicht böse aussieht, nur ratlos.

Er schaut auf die Uhr und runzelt die Stirn. »Es langt noch«, sagt er dann. »Wir gehen zum Bahndamm und du zeigst mir das Rad.«

»Aber das Gewitter«, wendet Nickel ein. »Es regnet doch.«

Django will unbedingt auf der Stelle zum Bahndamm. »Na und? Du bist doch nicht aus Zucker. Zieh halt deinen Anorak an.«

Sie rennen nebeneinander her durch den

Regen. Auf der Straße sind fast keine Leute. Dann kann Nickel nicht mehr rennen und sie gehen langsamer. Das Gewitter ist weiter weg, über der Stadt. Trotzdem zuckt Nickel bei jedem Donner und bei jedem Blitz zusammen. »Du brauchst keine Angst zu haben«, sagt Django. »Hier schlägt's nicht ein. Und ich bin ja bei dir.«

»Ja«, sagt Nickel.

Sie klettern die Böschung hinauf, rutschen über das nasse Gras. Nickel hält die Zweige zurück. Da liegt es, das Rad. Django bückt sich, bewegt den Lenker und die Pedale und dreht am Hinterrad. »Ein gutes Rad«, sagt er. »Kostet bestimmt ziemlich viel.«

Nickel kriecht unter den Strauch. Die Kolbenhirse ist zur Hälfte abgeknabbert. »Zizipee, zizipee«, lockt er. Aber er bekommt keine Antwort.

»Hör auf mit dem Quatsch«, sagt Django. »Komm, wir müssen heim.«

»Und das Rad?«, fragt Nickel.

»Das bleibt erst mal hier liegen«, sagt Django. »So lange, bis mir was eingefallen ist. Aber du fasst es nicht mehr an, verstanden?«

Nickel nickt. Er stemmt seine Füße fest gegen den schrägen Hang und rutscht hinunter. Der Regen rinnt ihm aus den Haaren in den Kragen des Anoraks. Trotzdem pfeift Nickel beim Gehen vor sich hin. Er versucht sogar einen Vogeltriller, so erleichtert fühlt er sich. Die Angst ist noch nicht ganz verschwunden, aber Django wird es schon machen. Django kann alles. Nickel greift nach seiner Hand, so wie früher.

»Du kannst dir gar nicht vorstellen, wie langweilig das ist. Immer ganz allein und niemand darf was davon wissen«, sagt er.

Django geht sehr schnell. Nickel muss zwei Schritte machen, wenn Django einen macht. Aber das spielt alles keine Rolle.

»Trotzdem bist du ein Säftel«, sagt Django. »Nickel, so was darfst du nie wieder machen, verstanden? Stell dir doch nur vor, wie Mama sich aufregen würde, wenn plötzlich die Polizei vor der Tür steht.«

»Ja«, sagt Nickel, »ich weiß. Wirst du es Mama erzählen?«

»Willst du, dass ich es ihr erzähle?«

»Nein«, sagt Nickel.

»Dann sag ich ihr nichts.«

Als sie kurz vor Ballerers Wirtschaft sind, lässt Nickel Djangos Hand los. Das Donnern ist leiser geworden, das Gewitter zieht weg. Aber Nickel und Django sind inzwischen durch und durch nass. Nickel muss niesen.

Django schubst ihn an. »Los, Nickel, jetzt rennen wir bis nach Hause.«

Dann, im Aufzug, merken sie erst richtig, wie nass sie sind. Wasser tropft aus ihren Haaren und ihren Kleidern. Am Boden bilden sich schnell zwei große Pfützen. »Wenn das die Dobermann sieht«, flüstert Nickel.

Die Mutter ist noch nicht da. Django geht ins Badezimmer und lässt heißes Wasser einlaufen. Sie ziehen sich aus, hängen ihre nassen Sachen an einen Haken und steigen in die Wanne. Wie früher. »Du bist wirklich ein Säftel«, sagt Django noch einmal. »Dass du so was ja nie wieder machst.«

»Nein«, verspricht Nickel. »Nie wieder.«

Er kippt Schaumbad ins Wasser und rührt kräftig. Er will eigentlich fragen, ob Django schon weiß, was er mit dem Rad anfängt. Aber da hört er den Schlüssel in der Wohnungstür.

Die Mutter. Nickel lässt sich so tief ins Wasser rutschen, dass ihm Schaum in die Nase kommt. Er muss wieder niesen.

»Geschieht dir ganz recht, wenn du einen Schnupfen bekommst«, sagt Django.

»Hatschi!«, sagt Nickel.

15.

Nickel sitzt neben Alexander. Alexander hat die Hände vor sich auf dem Tisch liegen und starrt geradeaus zur Tafel. Nickel schaut ihn von der Seite an, dann starrt er auch zur Tafel.

So ein Doofian, denkt Nickel. Dann rechnet er nach. Drei Tage reden sie jetzt schon nicht miteinander. Drei Tage langt. Eigentlich sind drei Tage schon viel zu viel.

Nickel stößt Alexander an. »Du«, flüstert er. »Die Dobermann-Katze hat fünf Junge. Willst du eins?«

Alexander bekommt große Augen. Er fummelt in seinen Hosentaschen, zieht einen Kaugummi heraus und hält ihn Nickel hin. »Da«, sagt er.

Nickel wickelt unter der Tischplatte den Kaugummi aus. Der scharfe Pfefferminzgeruch steigt ihm verlockend in die Nase.

»Wie sehen sie aus?«, fragt Alexander flüsternd. Aber weil er so aufgeregt ist, gelingt ihm das Flüstern nicht besonders gut.

Nickel will gerade den Kaugummi in den Mund stecken, da fragt Frau Friedrichs, worum es denn nun schon wieder geht. Nickel schaut sie an und sagt: »Miau.«

Frau Friedrichs sieht richtig enttäuscht aus. »Aber Nickel, du hast doch versprochen …«

»Das war nur jetzt«, sagt Nickel, »weil Sie doch gefragt haben. Es geht nämlich um kleine Kätzchen.«

Und er erzählt von Frau Dobermann und den fünf jungen Kätzchen, die sie nicht brauchen kann. »Und da habe ich Alexander gefragt, ob er nicht eine haben will«, schließt Nickel.

»Ich will ein Kätzchen«, ruft Vanessa. »Und ich darf auch. Meine Mutter hat's erlaubt. Nächste Woche habe ich Geburtstag und ich habe mir eine Katze gewünscht.«

»Ich will auch eine Katze«, sagt Michi. »Wir hatten schon mal eine, aber die ist weggelaufen.« Auch Sabine will eine Katze. Auf einmal wollen fast alle eine. Außer denen, die schon eine haben.

»Es gibt nur fünf«, sagt Frau Friedrichs. »So viele, wie ihr jetzt wollt, kann eine einzige Katzenmutter nicht bekommen.« Sie schlägt vor, dass sie erst zu Hause fragen sollen, ob sie ein

Kätzchen nehmen dürften. Dann könnte Nickel mit Frau Dobermann sprechen.

In der Pause kommt Vanessa zu Nickel und Alexander. »Du, Nickel, kann ich dich heute besuchen und wir schauen uns die Kätzchen an?«

»Ja, gern«, sagt Nickel schnell. Damit meint er aber nur, dass Vanessa ihn besuchen soll. Das mit dem Kätzchen-Anschauen weiß er nicht. Er hat keine Ahnung, was Frau Dobermann dazu meint. Doch das sagt er Vanessa nicht.

»Ich lade dich auch zu meinem Geburtstag ein«, sagt Vanessa.

»Mich auch?«, fragt Alexander.

Sie lacht. »Ja, dich auch.«

Nickel denkt erst wieder an das Fahrrad, als er mit Django beim Mittagessen sitzt. »Und, ist dir schon was eingefallen?«

Django grinst zufrieden, will aber nicht sagen, was er vorhat. »Das wirst du schon sehen. Ich treffe mich jetzt mit Olaf und Mattes. Wir haben was zu besprechen. Tschau.«

Kaum ist Django draußen, klingelt Vanessa. Sie will jetzt nicht hereinkommen und spielen, sie will gleich die Kätzchen besuchen. Nickel nimmt seinen Schlüssel.

Dann stehen sie vor Frau Dobermanns Wohnungstür. Nickel drückt auf den Klingelknopf. »Manchmal ist sie ziemlich sauer«, flüstert er mit betretenem Gesicht. »Ich war noch nie bei ihr in der Wohnung. Vielleicht lässt sie uns gar nicht rein.«

»Hoffentlich schon«, flüstert Vanessa zurück. »Ich will mein Kätzchen sehen.«

Drinnen im Flur hört man schwere Schritte. Frau Dobermann macht die Tür auf. Erstaunt mustert sie Nickel und Vanessa.

»Die Kätzchen«, sagt Nickel. Dann fällt ihm nichts mehr ein. Er verschluckt sich an seiner Spucke und muss husten.

»Nickel hat gesagt, dass Sie Kätzchen hergeben wollen. Ich hätte gern eins«, sagt Vanessa.

»Aber die sind doch noch viel zu klein«, meint Frau Dobermann. »In zwei, drei Wochen erst. Dann kannst du natürlich eins haben. Willst du es dir jetzt schon aussuchen?«

Vanessa nickt eifrig. Und Frau Dobermann geht ihnen voraus in die Wohnung. Die sieht aus wie Nickels Wohnung. Das Schlafzimmer gleich links, wenn man reinkommt, danach das Bad, gegenüber das Kinderzimmer. Geradeaus die Küche, daneben das große Wohnzimmer. Frau Dobermann macht die Küchentür auf. Die Küche sieht anders aus. In der Ecke, wo bei ihnen der Spind und die Anrichte stehen, ist bei Dobermanns ein Tisch und eine Eckbank. Unter der Eckbank steht das Körbchen mit Maunze. Die Katze liegt zusammengerollt mitten auf dem Kissen. Von ihren Jungen ist nicht viel zu sehen. Ein paar einzelne Pfoten, zwei Schwänzchen, ein Hinterteil. Alles weiß und schwarz, wie ihre Mutter. Als Maunze den Kopf hebt, lugt ein Mini-Katzenkopf heraus. Vanessa kreischt sehr leise und begeistert und hockt sich neben das Körbchen. Sie streichelt Maunze.

»Bei uns ist es anders«, sagt Nickel. »Wir haben unseren Esstisch im Wohnzimmer stehen. Gleich neben der Tür zur Küche, vor dem Balkonfenster.«

»Das haben die meisten«, sagt Frau Dobermann. »Aber ich kann mich an ein Wohnzimmer nicht gewöhnen, ich sitze lieber in der Küche.«

Nickel hockt sich neben Vanessa. Und Frau Dobermann lockt Maunze mit einem Schüsselchen Milch vom Korb weg, damit die Kinder in Ruhe die kleinen Kätzchen betrachten können. Vorsichtig schiebt Nickel seinen Zeigefinger in das Durcheinander von Fell, Pfoten, Katzenköpfen und rosa Bäuchen. »So ein Gewusel«, sagt er. »Finden die das bequem?«

Vanessa gibt keine Antwort. Sie ist am Aussuchen. Sie schiebt ihren Kopf so dicht über den Katzenkorb, dass Nickel nichts mehr sieht. Aber an seinem Arm fühlt er Vanessas Gesicht. Sehr warm und sehr weich. Nickel bleibt unbeweglich sitzen und traut sich fast nicht zu atmen, weil es so schön ist. An seinem Zeigefinger wuselt es feucht und pelzig, an seinem Arm liegt weich und angenehm Vanessas Gesicht. Er spürt ihren Atem auf seiner Haut. Hundert Jahre lang könnte Nickel so sitzen bleiben. Immer nur so.

Da hebt Vanessa ihren Kopf. »Ich weiß, welche ich will«, sagt sie zu Frau Dobermann. »Darf ich es mal rausnehmen?« Ganz vorsichtig packt sie ein kleines Fellhäufchen und hebt es hoch. Weiß mit einer schwarzen Schwanz-

spitze, drei schwarzen Pfoten und einem schwarzweißen Kopf. Die eine Gesichtshälfte und ein Ohr sind weiß, die andere und das zweite Ohr schwarz. »Das da«, sagt Vanessa glücklich. »Kriege ich das da?«

»Es ist ein Mädchen«, sagt Frau Dobermann. »Mir gefällt es auch am besten. Ich hebe es dir auf.«

Vanessa hält das Tierchen an ihr Gesicht. Das Kätzchen macht sein rosa Maul auf und gähnt. Maunze hat ihr Schüsselchen ausgeleckt und steigt vorsichtig zurück in ihren Korb. Sie legt sich auf die Seite. Die Zitzen an ihrem Bauch sind rosa und deutlich zu erkennen. Die kleinen Katzen purzeln übereinander. Dann hat jedes eine Zitze im Maul und saugt. Dabei bewegen sie ihre Pfoten. Vanessa legt ihr Kätzchen an eine freie Zitze.

»Ich weiß schon, wie es heißt«, sagt sie. »Domino. Das ist so ein Faschingskostüm in Schwarz und Weiß.«

Die kleinen Katzen schmatzen laut.

16.

Eigentlich wäre Django dran mit Einkaufen. Doch er hat heute unbedingt mit Nickel tauschen wollen.

»Aber nachher kommt Alexander«, hat Nickel gesagt.

»Na und? Der kann doch auch mal ein paar Minuten auf dich warten.« Django hat sich auf das Bett gelegt und sein Buch aufgeschlagen. »Also, geh schon, Nickel. Beeil dich.«

Nickel schlenkert mit der Einkaufstasche heftig hin und her. Er will nachher mit Alexander zum Bahndamm gehen, zum Mini-Wäldchen. Vielleicht können sie aus dem ganzen Zeug, das da herumliegt, eine Hütte bauen. Und sich dann reinsetzen und den Vögeln zuhören. Die alten Autoreifen könnten sie als Sessel nehmen. Es hat zwar aufgehört zu regnen, aber der Boden ist bestimmt noch nass.

Nickel biegt von der Waldhornstraße auf den Parkplatz vor dem *Grosso-Markt* ab.

Vor dem Gebäude steht eine Gruppe Leute. Sie reden, gestikulieren, lachen. Und immer wieder deuten sie nach oben.

Da sieht Nickel es auch. Das rote Fahrrad. Es hängt an Stricken über einer der gebogenen Laternen vor dem *Grosso-Markt*-Eingang.

Nickel stellt sich zu den Leuten. Hoch über seinem Kopf baumelt das Rad.

»Wie ist das nur dort hinaufgekommen?«, wundert sich eine Frau. »Und wem das wohl gehört?«

Ein alter Mann sagt: »Einem Mädchen natürlich. Da haben sich ein paar Burschen einen Witz gemacht.«

»Schöner Witz«, sagt eine andere Frau. »Den Hals hätten sie sich brechen können.« Sie sieht Nickel, der mit großen Augen und offenem Mund zu dem Rad hinaufstarrt. »Ein schönes Rad, was, Kleiner?«, sagt sie und fährt ihm über den Kopf. »So ein schönes Rad hättest du bestimmt auch gern.«

Nickel weicht ihrer Hand aus. »Ich bin kein Kleiner«, sagt er. Aber er sagt nicht, dass er gern so ein Rad hätte. Das will er ja auch nicht. Dieses Rad hat er schon einmal gehabt. Und so schön war das auch wieder nicht. Jedenfalls gefällt es ihm dort oben in der Luft viel besser als hinter dem Stinkblütenbusch. Er schaut

noch eine Weile hinauf. Das Rad glänzt, es ist vom Regen sauber gewaschen. Nickel geht in den *Grosso-Markt* hinein. Den Einkauf hat er schnell erledigt. Sie brauchen nur Milch, zwei Joghurt und eine Leberwurst. An der Kasse muss er warten. Die Kassiererin, eine dicke Frau mit einem blauweiß gestreiften Kleid, legt die Sachen nur sehr langsam von einem Wagen in den anderen, weil sie zwischendurch dauernd reden muss. Über das Fahrrad natürlich.

»Heute Morgen war es plötzlich da«, erzählt sie einer Frau mit einem Kopftuch. »Keiner weiß, wem es gehört oder wie es da hinaufgekommen ist. Verrückt, was?«

»Ja, wirklich verrückt«, sagt die Frau und schüttelt den Kopf mit dem Kopftuch. »Ideen haben die Leute.«

»Der Filialleiter hat es mit einer Kette festgemacht«, sagt die Kassiererin, hebt ein Paket Waschpulver hoch, tippt den Preis ein und legt das Paket in den anderen Wagen. »Mit einem Gabelstapler aus dem Lager hat er sich hinaufheben lassen und hat es höchstpersönlich festgebunden.«

»Warum denn das?«, fragt die Frau mit dem Kopftuch verwundert.

»Damit es nicht irgendjemand wieder runterholen kann. Wenn es schon an unserer Laterne hängt, hat er gesagt, dann haben wir auch die Verantwortung dafür. Und hier wird es von so vielen Leuten gesehen, dass der Eigentümer bestimmt bald auftaucht.«

»Gar nicht so dumm«, sagt die Frau mit dem Kopftuch. Die Kasse rattert, die Frau bezahlt siebenundzwanzig Mark achtzehn. Mit viel Kleingeld.

»Es ist ein Kinderrad«, sagt sie.

Die Kassiererin nickt und zählt das Geld nach. »Aber die kosten heute auch schon ein Heidengeld. Ich habe meiner Tochter neulich erst eins gekauft.«

Sie sortiert die Münzen in die Kasse. Jetzt wäre Nickel an der Reihe. Aber er schiebt seinen Wagen zur Seite und geht zurück, zum Süßigkeitenregal. Er überlegt lange. Dann nimmt er die teuerste Tafel Schokolade, die da ist. Das Geld dafür wird er nachher der Pfennigsau abknöpfen.

Er bezahlt, packt seine Sachen in die Einkaufstasche und verlässt den Laden. Draußen macht er noch einmal den Umweg zum Fahrradständer. Viele Räder stehen da. Neue und alte. Große und kleine. In allen möglichen Farben. Nickel betrachtet sie lange. Dann dreht er sich um und geht nach Hause.

»Den Hals hättest du dir brechen können«, sagt er zu Django. »Jedenfalls hat das eine Frau gesagt.«

Django lacht. »Ich doch nicht.«

»Wie hast du das gemacht?«, fragt Nickel. »Und warum an die Laterne?«

»Aus Spaß. Damit alle Leute es sehen und nicht der nächste Säftel es einfach mitnimmt.«

»Und wie?«, fragt Nickel.

Django zuckt mit den Schultern. Dann grinst er und sagt: »Der Ballerer hat hinter seinem Schuppen eine hohe Leiter. Außerdem haben mir Mattes und Olaf geholfen.«

Nickel legt Django die Schokolade aufs Bett. Dann dreht er sich schnell um und geht raus. Django soll nicht merken, dass er irgendwie traurig ist. Manchmal weiß man nicht, was man will. Ihm fällt ein, dass er das zu dem Vogel am Bahndamm gesagt hat.

Nickel fährt mit dem Aufzug hinunter. Diesmal drückt er nicht auf alle Knöpfe. Wozu auch? Immerhin schenkt Frau Dobermann Vanessa die Katze Domino.

Nickel geht die Waldhornstraße entlang, an Alexanders Haus vorbei, biegt in die Heimgartenstraße ein. Der Ballerer stellt seine Stühle raus, die Sonne scheint. Die Erdbeeren werden immer röter.

»Willst du eine?«, fragt ein Mann in der Kleingartensiedlung, als er Nickels Blick sieht. Er bückt sich, pflückt eine Erdbeere und hält sie Nickel hin.

Sie ist fast rot und fast süß.

Am Bahndamm klettert Nickel die Böschung hinauf und setzt sich in die Mulde. Die Lenkstange hat ein Loch in die Grasnarbe gerissen.

»Zizipee, zizipee«, ruft Nickel. Der Vogel antwortet nicht.

Nickel kriecht unter den Strauch. Die Kolbenhirse ist abgefressen, nur noch der nackte Strunk hängt am Zweig. Er kommt also manchmal her, denkt Nickel. Er oder ein anderer Vogel.

Nickel rutscht den Hang hinunter und macht sich auf den Weg zu Alexander. Vielleicht geht er noch bei Vanessa vorbei und schaut, ob sie im Garten ist.

Mirjam Pressler
Katharina und so weiter
Erzählung
Gulliver Taschenbuch (78059), 148 Seiten *ab 7*

Und so weiter ist erst mal Katharinas Mutter, die von morgens bis abends Gardinen verkauft. *Und so weiter* ist die Tauben-Oma, bei der Katharina Mittagessen und gute Ratschläge bekommt. *Und so weiter* sind die Lehrerin und alle Kinder aus Katharinas Klasse. Zum Beispiel Benjamin, der in einer Wohngemeinschaft lebt. *Und so weiter* sind natürlich auch die Hunde, die Katharina nicht hat, aber gern hätte. Da ist es ein Glück, dass Onkel Wilhelm den Klabautermann hat. So heißt sein Hund – Onkel Wilhelm ist nämlich einmal Kapitän gewesen (oder jedenfalls fast). Jetzt sucht er eine Wohnung. Das ist schwer; da müssen alle mithelfen. Und gemeinsam kommen sie auf eine prima Idee ...

Beltz & Gelberg
Beltz Verlag, Postfach 100154, 69441 Weinheim

Yak Rivais
Fiffi und die Hexe
Aus dem Französischen von Bernhard Koppe
Mit vielen Bildern von Yak Rivais
Gulliver Taschenbuch (78297), 88 Seiten *ab 8*

Fiffi ist manchmal allein zu Hause. Dann ermahnen sie ihre Eltern, bloß niemandem die Tür aufzumachen, vor allem nicht der alten Hexe! Denn die ist ein echtes Scheusal und hat es schon lange auf Fiffi abgesehen. Doch Fiffi ist nicht nur unerschrocken und mutig, sondern auch bei weitem schlauer, und es macht ihr bald großen Spaß, die alte Hexe zu überlisten. – Eine witzige Geschichte zum Vorlesen und für Kinder, die schon selber lesen können.

»Eine einfache Geschichte wie im wirklichen Leben, treffsicher pointiert, komisch und traurig, ein Lesevergnügen.«
Nürnberger Nachrichten

Beltz & Gelberg
Beltz Verlag, Postfach 100154, 69441 Weinheim

Annelies Schwarz
Meine Oma lebt in Afrika
Erzählung
Mit Bildern von Marlies Rieper-Bastian
Gulliver Taschenbuch (78284), 120 Seiten *ab 8*

Endlich ist es so weit: Eric darf mit seinem afrikanischen Papa nach Ghana fliegen und seine Oma besuchen. Seinen besten Freund Flo nimmt er mit. In Ghana ist vieles anders als daheim in Bremen. Hier ist es nämlich Flo, der zwischen all den schwarzen Kindern auffällt. Eric und Flo erleben aufregende Tage in dieser anderen Welt, wo es Krokodile gibt, wo ein Gewitter noch ein richtiges Unwetter ist und wo Aba lebt, die Schlangenbeschwörerin werden möchte.

Beltz & Gelberg
Beltz Verlag, Postfach 100154, 69441 Weinheim